Sir Arthur Conan Doyle

Sherlock Holmes

O Cão dos Baskervilles

SIR ARTHUR CONAN DOYLE

SHERLOCK
HOLMES

O CÃO DOS
BASKERVILLES

Sir Arthur Conan Doyle

Capítulo 1
O começo do caso

Londres estava aproveitando o fim de um lindo verão. O sol de setembro brilhava e os raios adentravam pelas janelas da pequena casa na Baker Street, 221B. Como de costume, Holmes acordou tarde e ainda estava comendo. Nós estávamos esperando um visitante que iria chegar meia hora depois, e eu pensando se Holmes terminaria seu café da manhã antes de nosso visitante chegar.

Holmes não mostrava nenhuma pressa. Ele lia novamente uma carta que havia recebido três dias atrás. Ela tinha sido enviada pelo Dr. James Mortimer, que pediu por uma reunião com Holmes.

— Bom, Watson — disse Holmes —, não tenho dúvidas de que um doutor vindo de Devonshire nos trará qualquer coisa do nosso real interesse. Sua carta não nos conta nada específico, mas ele disse que é algo muito importante. Eu espero que possamos ajudá-lo.

Exatamente meia hora depois, escutei batidas na porta da frente.

— Certamente — afirmou Holmes — o Dr. Mortimer é um homem que com certeza não desperdiçará nosso tempo.

Nós nos colocamos de pé para esperar nosso visitante, que estava sendo trazido até a sala.

— Bom dia, senhores! — disse ele. — Eu sou o Doutor James Mortimer, de Grimpen, em Devonshire, e eu imagino que você seja Sherlock Holmes.

E deu um aperto de mão em Sherlock.

— Como vai, Dr. Mortimer? Deixe-me lhe apresentar meu caro amigo, Doutor John Watson, que me ajuda em meus casos. Eu acredito que você vá permitir que ele escute nossa conversa.

— Claro! — disse Mortimer. Ele se virou e me deu um aperto de mão. — Eu preciso de sua ajuda desesperadamente, Mr. Holmes. Será de grande valor que o Dr. Watson escute o que eu tenho a dizer. Por favor, deixe que ele fique e escute.

Mortimer não se parecia com um médico do interior. Ele era alto e magro. Tinha um nariz longo e traços finos. Olhos verdes, brilhantes, e usava óculos dourados. Suas calças e seu casaco eram mais antigos e usados. Sua face era muito jovem, mas seus ombros eram curvados como os de um homem mais velho, e sua cabeça prostrada para frente.

Ele pegou alguns papéis de seu bolso e disse:

— Mr. Holmes, eu preciso de sua ajuda e conselho. Algo muito estranho tem acontecido.

— Sente-se, Dr. Mortimer — disse Holmes —, e diga-nos o seu problema. Eu irei ajudá-lo caso eu possa.

Capítulo 2
A papelada dos Baskervilles

Estes papéis foram entregues a mim pelo Sir Charles Baskerville — disse Dr. Mortimer. — Ele me perguntou se eu poderia cuidar deles. Você deve se lembrar que Charles morreu recentemente, há três meses. Sua morte causou muita excitação em Devonshire, o condado onde fica a Mansão Baskerville. Charles era um homem sensível, mas ele acreditava na história que está nestes papéis.

Dr. Mortimer continuou:

— A história é sobre a família Baskerville. Eu o procurei porque preciso da sua ajuda. Acho que algo terrível vai acontecer nas próximas 24 horas. Mas você não poderá me ajudar se não ler a história que está nestes papéis. Posso ler para você?

— Por favor, continue, Dr. Mortimer — disse Holmes e sentou-se na sua cadeira com seus olhos fechados.

Mortimer começou a ler alto com a sua voz estranha:

Eu, William Baskerville, escrevi isso para os meus filhos no ano de 1742. Meu pai me contou sobre o cão dos Baskervilles. Ele me disse quando ele foi visto pela primeira vez, e eu acredito que seja verdade. Eu quero que vocês, meus filhos, leiam atentamente esta história. Vocês precisam saber que Deus pune aqueles que fazem maldades. Mas Ele sempre perdoa aqueles que pedem perdão pelo mal que possam ter feito.

Há 100 anos, em 1640, o chefe da família Baskerville era Sir Hugo Baskerville. Ele era um homem louco e mau. Sir Hugo sentiu-se apaixonado pela filha de um fazendeiro que era seu vizinho. A jovem mulher tinha medo de Hugo e o evitava. Um dia, Hugo ouviu que o pai e os irmãos dela haviam saído. Ele sabia que ela estaria sozinha. Então, ele se dirigiu até a fazenda com cinco ou seis dos seus péssimos amigos. Fizeram a menina ir para a Mansão Baskerville com eles e trancaram-na em um quarto no andar de cima. Como sempre, eles começaram a beber uma garrafa atrás da outra e, sem demora, muitos já estavam cantando, rindo e gritando coisas horríveis.

A garota continuava trancafiada no quarto, assustada, e, quando ouvia as coisas terríveis que os homens gritavam, ela se sentia ainda mais desesperada. Então, em um ato de coragem, ela abriu a janela, escalou para fora do quarto e desceu pelas beiradas da parede. Quando chegou na rua, começou a correr até chegar a sua casa.

Pouco tempo depois, Hugo deixou seus amigos e foi levar um pouco de água e comida para a menina que estava no quarto. Quando encontrou o quarto vazio e com as janelas abertas, ele ficou louco. Esbravejava dizendo que se entregaria ao diabo se encontrasse a menina antes que ela chegasse em casa. Alguns dos seus amigos, bêbados, orientaram-no para que deixasse os cachorros caçarem a menina, e ele assim o fez. Foi para casa e soltou os cães, montou em seu cavalo preto e foi junto com os animais em busca da garota.

Os amigos de Hugo pegaram seus cavalos e foram atrás dele. Eram trinta ao todo. Depois de percorrerem uma ou duas milhas, eles passaram por um velho fazendeiro e perguntaram se ele havia visto Sir Hugo e seus cachorros. O homem parecia estar louco e meio assustado, e mostrava até certa dificuldade para falar. Ele disse que havia visto uma garota e os cachorros correndo atrás dela, juntamente com Sir Hugo. "Mas eu não vi somente isso", disse o velhinho. "Atrás do Sir Hugo eu vi um cão enorme e terrível, correndo silenciosamente. Que Deus me salve desse cão do inferno!".

Os trinta homens caíram na gargalhada e o velhinho seguiu seu caminho. Pouco depois, eles foram surpreendidos pelo belo cavalo preto de Sir Hugo correndo como um louco sem alguém para guiá-lo.

Os homens então se aproximaram e foram avançando juntos pelo caminho. Eles estavam com medo. Mas continuaram até alcançarem os cachorros.

Todos no condado de Baskerville sabiam que os cachorros eram bravos e fortes. Agora, no entanto, eles estavam parados no topo de um pântano, com suas orelhas e rabos baixos. Eles pareciam assustados. Os amigos de Hugo os avistaram e pararam. A maioria deles não tinha coragem de chegar perto dos cachorros, mas havia três mais destemidos que correram pelo pântano até os cães.

O pântano tinha um piso aplainado e, no meio, duas enormes pedras que estavam ali havia décadas. A lua brilhava, atravessando o pequeno espaço entre as pedras, e ali, naquele espaço, estava a garota. Ela havia caído morta de tanto medo e exaustão. O corpo de Sir Hugo estava próximo do dela. Contudo, não foi a visão dos dois mortos que encheu os homens de medo, mas sim a do animal enorme que estava ao lado de Sir Hugo. Os dentes da fera estavam no pescoço dele. Era uma criatura preta enorme, parecida com um cachorro. Mas era maior que qualquer cão já visto.

Enquanto eles olhavam, o animal rasgou a garganta de Hugo Baskerville e, em seguida, virou-se para eles. Seus olhos eram incandescentes e brilhantes. Seu corpo resplandecia com uma estranha luz. Sangue corria de sua boca. Os homens gritaram e partiram galopando em seus cavalos; eles saíram do vale o mais rápido que puderam. No fim daquela noite, um deles morreu depois de ter visto tanto horror naquele dia. Os outros dois ficaram loucos pelo resto de suas vidas.

Essa foi a primeira vez que o cão apareceu, meus filhos. Ele foi visto muitas vezes desde então, e muitos dos Baskervilles morreram de maneira estranha e terrível. Por conta de tudo isso que lhes contei, eu os alerto para nunca passarem no pântano à noite. O demônio acha mais fácil fazer o seu trabalho durante a noite.

Capítulo 3
Como Sir Charles morreu

Quando o Dr. Mortimer terminou de ler sua estranha história, ele olhou para Sherlock Holmes, que parecia estar entediado.

— Você achou a história interessante? — perguntou Mortimer.

— Pode interessar a um colecionador de histórias que assustam crianças — disse Holmes.

Dr. Mortimer pegou um jornal de seu bolso.

— Agora, Mr. Holmes, deixe-me ler para você algo que foi escrito há apenas três meses. Este é o jornal do condado de Devonshire e é sobre a morte de Sir Charles Baskerville.

Holmes pareceu mais interessado. Então, Dr. Mortimer começou a ler:

A repentina morte de Charles Baskerville causou muita tristeza no condado. Mesmo ele tendo vivido na Mansão

Baskerville por apenas dois anos, todos gostavam dele. Sir Charles viveu no exterior e lá acumulou sua fortuna. Ele voltou para gastar seu dinheiro fazendo reparos nas fazendas e vilas da região, assim como nos prédios que andavam em condições péssimas. Ele era um homem generoso e muito amigável, que doava livremente aos pobres parte de sua fortuna.

A notícia oficial de sua morte não explica tudo que aconteceu. Entretanto, deixa claro que não foi um assassinato. Sir Charles morreu de causa naturais, e as histórias que as pessoas contam sobre sua morte não são verdadeiras. Seu médico e amigo, Dr. Mortimer, disse que o coração de Sir Charles andava mais fraco nos últimos tempos.

Os fatos são simples: toda noite, antes de ir para a cama, Sir Charles saía para uma caminhada pelos jardins da Mansão Baskerville. Sua parte favorita era descendo pelo caminho que levava aos campos de árvores de teixo, a famosa Alameda de Teixos da Mansão Baskerville. Na noite de quatro de junho, ele saiu para sua caminhada e aproveitou para fumar um charuto e pensar, como de costume.

Sir Charles partiria para Londres no dia seguinte, e Barrymore, seu mordomo, estava preocupado, pois Charles estava demorando para retornar; então ele partiu à sua procura. Ele encontrou a porta da casa aberta. O dia tinha sido chuvoso, então Barrymore pôde ver claramente as marcas deixadas pelos sapatos de Sir Charles ao longo do beco de que levava até o pátio. Havia sinais que Sir Charles ficara lá por um tempo. Barrymore seguiu suas pegadas até o fim do beco, e lá encontrou o corpo do patrão.

Barrymore reparou algo interessante nas pegadas. Ele disse que elas mudavam entre o portão que dava para o pântano e o fim do beco. Quanto mais perto chegava do portão que levava ao pântano, ele podia ver uma pegada a mais para cada marca feita por Charles. Depois de passar o portão, só se avistavam marcas de dedos. Barrymore chegou até a pensar que Sir Charles poderia ter andando na ponta dos pés.

Um homem chamado Murphy, que compra e vende cavalos, não estava muito longe no momento da morte de Sir Charles. Ele havia bebido muita cerveja, mas disse ter ouvido gritos; só não tinha certeza de onde vinham.

Dr. Mortimer foi chamado para examinar o corpo de Sir Charles. Não havia sinais de assassinato, mas o doutor não reconhecia a face do amigo. Ele estava completamente deformado. Todavia, isso às vezes acontece em mortes cuja causa é um coração mais fraco. Então, ao olhar o corpo, Dr. Mortimer achou, de fato, que era isso que tinha acontecido. O coração fraco de Charles falhou e ele morreu.

Todos esperavam que um novo chefe da família Baskerville se mudasse para a Mansão, o bom trabalho de Charles precisava continuar acontecendo.

O novo chefe da família seria Henry Baskerville, se ele ainda estivesse vivo e fosse encontrado pelos advogados. Ele era o filho do irmão mais novo de Charles. O jovem morava nos Estados Unidos, e os advogados da família estavam tentando contatá-lo para contar sobre a enorme herança que tinha ficado para ele.

Dr. Mortimer guardou o jornal no seu bolso de trás.

— Esses são os fatos oficiais sobre a morte de Charles Baskerville. É isso que todo mundo está sabendo, Mr. Holmes — disse Mortimer.

— Obrigado por me informar sobre esse caso interessante — disse Holmes —, eu já li sobre ele, mas não ouvi nenhum dos detalhes. O jornal dá os fatos que todos sabem. Mas agora eu quero que você me conte o que você sabe. Qual seu conhecimento sobre as histórias estranhas?

— Eu não contei a ninguém esses outros fatos. Como vocês bem sabem, eu sou um homem da ciência. Eu sempre acreditei que para todos os fatos existem explicações plausíveis. Eu não quis dizer nada que pudesse impedir Sir Henry de vir morar na Mansão. Mas eu contarei a vocês os detalhes que não estão na reportagem.

E, então, Mortimer continuou:

— Alguns meses antes de sua morte, Sir Charles andava muito preocupado. Ele estava a ponto de explodir. Ele acreditava na história do cão dos Baskerville e, por isso, recusava-se a sair à noite. Frequentemente, ele me perguntava se eu ouvira algum barulho ou vira um animal estranho solto pelo pátio à noite. Sempre que perguntava sobre isso, Charles ficava muito agitado.

O Dr. Mortimer deu um longo suspiro e prosseguiu:

— Eu me lembro de estar dirigindo até a Mansão numa

tarde, algumas semanas antes de sua morte. Quando cheguei, ele estava me esperando na porta, parado. Fui até ele e, ao me aproximar, vi que seu olhar estava fixo nas matas, e havia uma expressão de horror em sua face. Virei-me para trás e vi algo preto como uma pequena vaca se movendo pelas árvores. Ele estava tão apavorado que eu fui atrás do animal; ele tinha desaparecido, mas Charles continuava muito preocupado. Eu fiquei com ele a noite toda. Foi aí que Charles me entregou esses papéis que acabei de ler para você. O que eu vi naquela noite é importante se considerarmos o que aconteceu no dia de sua morte. Quando Barrymore, o mordomo, encontrou o corpo de Charles, ele enviou alguém para me buscar. Eu cheguei todos os fatos. Eu li todos eles para você e sei que são verdadeiros. Mas Barrymore disse uma coisa que não era verdade. Ele disse não ter visto nenhuma outra marca no solo ao redor do corpo. Ele não avisou ninguém. Mas eu vi. As marcas não estavam próximas ao corpo, mas estavam lá, frescas e claras.

— Pegadas? — perguntou Holmes.

— Sim. Pegadas! — respondeu Mortimer.

— De homem ou de mulher?

Dr. Mortimer ficou estranho por alguns segundos, sua voz começou a sair como um sussurro, e, então, respondeu:

— Mr. Holmes, eram pegadas de um cachorro enorme!

Capítulo 4
O problema

Senti medo quando Mortimer falou essas palavras. Holmes seguia firme na sua empolgação e seus olhos mostravam que ele estava realmente interessado.

— Por que ninguém mais viu as pegadas? — perguntou Holmes.

— As pegadas estavam a cerca de 20 metros do corpo, e ninguém pensou em procurar tão longe — respondeu Mortimer.

— Existem muitos cães pastores no pátio? — perguntou Sherlock.

— Sim, mas essa pegada não era de um cão pastor. De fato, era uma pegada enorme! — disse Mortimer.

— Mas não havia nenhuma perto do corpo?

— Não!

— Como estava aquela noite? — perguntou Holmes.

— Estava fria e úmida, mas não estava chovendo.

— Descreva o beco para mim.

— O beco é um caminho entre duas longas cercas de teixos. As cercas são pequenas árvores que foram plantadas bem próximas. Elas têm cerca de quatro metros de altura. A distância entre as duas cercas é de aproximadamente sete metros. Bem no meio, está um caminho composto por pequenas pedras. O caminho tem mais ou menos três metros com uma pequena faixa de grama nas duas laterais.

— Eu entendi que existe um portão em algum lugar da cerca — disse Holmes.

— Sim, existe um pequeno portão que leva direto ao campo.

— Existe alguma outra abertura na cerca?

— Não!

— Então você só pode entrar ou sair pelo caminho de teixos e pela Mansão, ou existe algum outro portão? — perguntou Holmes.

— Existe um caminho que passa pela casa de veraneio na extremidade mais distante!

— Charles estava próximo da casa de veraneio?

— Não, ele caiu a aproximadamente 50 metros dela.

— Agora, Dr. Mortimer, isso é importante. Você disse

que as pegadas que viu estavam no caminho e não na grama. É isso?

— Nenhuma pegada na grama!

— As pegadas estavam no mesmo lado do portão que leva ao campo?

— Sim, estavam.

— De fato, essa é uma informação interessante. Outra pergunta: o portão estava fechado?

— Sim! Estava fechado e trancado!

— Quão alto é? — perguntou Holmes.

— No máximo um metro de altura.

— Qualquer um conseguiria escalar então?

— Sim.

— Quais pistas você viu próximas ao portão?

— Charles parece ter ficado por lá de 5 a 10 minutos, pois seu charuto estava queimado e as cinzas estavam caindo pelas beiradas.

— Excelente — disse Holmes. — Esse homem é um bom detetive, meu caro Watson! Sir Charles deixou suas pegadas espalhadas pelo caminho todo e não houve nenhuma outra pista para encontrar.

Sherlock Holmes bateu as mãos nos joelhos com força.

— Eu gostaria de ter visto essas coisas de perto com meus próprios olhos! Oh, Dr. Mortimer, por que você não me chamou imediatamente?

— Mr. Holmes, até os melhores detetives do mundo não podem ajudar com certas coisas.

— Você quer dizer coisas que estão acima das leis da natureza, como coisas sobrenaturais? — perguntou Holmes.

— Eu não disse exatamente isso — respondeu Mortimer. — Mas, desde que Sir Charles morreu, eu tenho ouvido sobre uma série de coisas que me parecem ser sobrenaturais. Muitas pessoas viram um animal nos campos que parece ser um cão gigante. Todos eles concordam que é uma criatura enorme, com um brilho estranho como de um fantasma. Eu tenho, cuidadosamente, questionado essas pessoas. São todas pessoas sensíveis e todas contam a mesma história. Apesar de todas terem visto de longe, a descrição bate com a do cão do inferno da história dos Baskervilles. As pessoas estão muito assustadas e somente os homens corajosos cruzam os pântanos durante a noite.

— E você, um homem da ciência, acredita em criaturas sobrenaturais? — perguntou Holmes.

— Eu não sei no que acreditar — respondeu Mortimer.

— Mas você acredita que as pegadas foram feitas por uma criatura viva, não um fantasma?

— Quando o cão apareceu, duzentos e cinquenta anos

atrás, foi real o suficiente para arrancar a garganta de Sir Hugo... mas era um cão do inferno — disse Dr. Mortimer.

— Se você pensa que a morte de Sir. Charles foi causada por uma criatura sobrenatural, meu trabalho de detetive não pode ajudá-lo — disse Holmes.

— Talvez — disse Mortimer. — Mas você pode me aconselhar sobre o que fazer em relação ao Sir Henry Baskerville. Ele chega a Londres exatamente... — o Dr. Mortimer olhou para seu relógio — em uma hora e quinze minutos.

— Sir Henry é agora o chefe da família Baskerville? — perguntou Holmes.

— Sim, ele é o último dos Baskerville. Os advogados da família contataram-no nos Estados Unidos. Ele veio imediatamente para a Inglaterra de navio. Ele chega esta manhã. Agora, Mr. Holmes, você me aconselha sobre o que fazer com ele?

— Por que ele não vai para a casa da família? — perguntou Holmes.

— Porque muitos dos Baskerville que foram para lá morreram de forma horrível. Mas o bom trabalho de Sir Charles deve continuar. Se isso não acontecer, toda a população das terras de Baskerville ficará muito mais pobre. Se a família Baskerville deixar a Mansão, isso vai acontecer. Eu não sei o que fazer. É por isso que preciso de seus conselhos.

Holmes pensou um pouco. E então disse:

— Você acha perigoso qualquer dos Baskerville ir morar

na Mansão por conta do cão do inferno. Bem, eu penso que você deva ir se encontrar com Sir Henry Baskerville. Não diga nada sobre isso. Eu lhe darei meu conselho em vinte e quatro horas. Às dez da manhã de amanhã, eu gostaria que você trouxesse Sir Henry Baskerville até aqui.

Dr. Mortimer levantou-se da cadeira. No momento em que ele estava saindo do quarto, Holmes disse:

— Mais uma questão, Dr. Mortimer. Você disse que, antes da morte terrível de Sir Charles, as pessoas viram a criatura nos pântanos?

— Três pessoas viram.

— Por acaso alguém viu depois da morte?

— Eu não ouvi de ninguém.

— Obrigada, Dr. Mortimer. Bom dia!

Depois de Mortimer sair, Holmes sentou-se em sua cadeira. Ele parecia satisfeito. Ele sempre fazia essa cara de satisfeito quando um caso o interessava.

Eu sabia que ele precisava pensar sozinho sobre tudo o que havia ouvido. Eu saí durante o dia e, quando voltei, à noite, encontrei o quarto cheio das cinzas do charuto de Holmes.

— O que você pensa sobre esse caso? — perguntei para ele.

— É difícil dizer. Por exemplo, a mudança nas pegadas. Será que Sir Charles andou na ponta dos dedos pelo caminho? Só uma pessoa estúpida para acreditar nisso. A verdade é que ele estava correndo, correndo pela sua vida. Ele correu até seu coração parar e morrer.

— Do que ele estaria correndo? — perguntei.

— Essa é uma questão difícil — disse Holmes. — Eu acho que ele estava louco de medo antes de começar a correr. Ele não sabia o que ele iria fazer. Isso explica por que ele correu no sentido oposto da casa. Ele estava correndo em busca de ajuda. A próxima questão: quem ele estava esperando naquela noite? E por que ele estaria esperando entre as árvores e não na casa?

— Você acha que ele estava esperando alguém?

— Sir Charles era velho e doente. Nós podemos compreender por que ele fazia caminhadas todos os dias. Mas por que ele estaria parado no frio, na grama molhada, por cinco ou dez minutos? Dr. Mortimer foi brilhante ao notar as cinzas do charuto, então nós podemos saber por quanto tempo Sir Charles ficou por lá. Nós sabemos que ele não se aproximava dos campos, então é improvável que todas as noites parasse esperando no portão que leva aos pântanos. Eu estou começando a entender algumas coisas, Watson. Mas eu não posso pensar mais nada até encontrarmos o Dr. Mortimer e Henry Baskerville pela manhã. Por favor, passe-me meu violino.

Holmes começou a tocar seu violino. Ele já havia pensado em tudo que podia. Agora precisava de mais detalhes para alimentar o caso.

Capítulo 5
Sir Henry Baskerville

Dr. Mortimer e Sir Henry Baskerville chegaram exatamente às dez da manhã. Sir Henry era um homem pequeno, saudável e de boa aparência, o que mostrava que ele tinha um caráter forte. Vestia um terno elegante, avermelhado, e sua pele aparentava ser de alguém que passava muito tempo ao ar livre.

— Achei ótimo que essa reunião já estivesse agendada — disse Sir Henry depois de termos nos cumprimentado. — Eu preciso da sua ajuda, Mr. Holmes. Algo estranho aconteceu comigo esta manhã. Veja essa carta.

Ele colocou um pedaço de papel sobre a mesa. Nele estavam as palavras: "Não vá ao pântano! Se você for, sua vida estará em perigo". As palavras foram recortadas de um jornal.

— Você pode me dizer o que isso significa e por que interessa a mim, Mr. Holmes? —perguntou Sir Henry.

— Isso é muito interessante — disse Holmes. — Veja como foi mal feito. Penso que quem escreveu estava com pressa. Por quê? Provavelmente porque ele não queria que mais ninguém visse. O endereço parece ter sido escrito em um hotel. A caneta e a tinta deram problemas a quem escreveu. A caneta secou três vezes para escrever uma pequena frase. Provavelmente havia pouca tinta no recipiente. Se a caneta fosse dele, nunca teria deixado nessas condições. Olhe isso, que horror!

Ele estava segurando a carta a apenas poucos centímetros dos olhos.

— Bem? — perguntei.

— Nada — disse e jogou a carta. — Agora, Sir Henry, você tem algo a mais para nos dizer?

— Não — disse Sir Henry —, apenas que eu perdi um de meus sapatos. Eu coloquei um par na porta do meu quarto na última noite. Eu gostaria que o hotel os limpasse, mas, quando acordei, ele não estava mais lá. Eu o havia comprado ontem, nunca tinha usado, mas eu queria um belo brilho nele.

— Um sapato parece algo inútil de ser roubado — disse Holmes. —Tenho certeza de que vai aparecer pelo hotel e retornar a você. Mas, agora, precisamos lhe contar algumas coisas sobre a família Baskerville.

Dr. Mortimer pegou o calhamaço de papéis sobre os Baskervilles e leu para Sir Henry. Holmes contou sobre a morte de Sir Charles.

— Então essa carta é de alguém que está tentando me avisar de algo ou me amedrontar — disse Sir Henry.

— Sim — disse Holmes. — E nós precisamos decidir se é seguro para você ir até a Mansão Baskerville. Parece haver perigo lá para você.

— Não existe nenhum homem ou demônio que vai me impedir de ir até a casa de minha família — disse Henry, bravo. — Eu vou precisar de um tempo para pensar nas coisas que vocês me disseram. Será que o Dr. Watson pode se juntar a mim em duas horas para almoçar no meu hotel? Até lá eu já poderei dizer a vocês o que penso.

Dr. Mortimer e Sir Henry se despediram e voltaram ao hotel.

Assim que nossos visitantes partiram, Holmes saiu da posição de ouvinte para homem de ação.

— Rápido, Watson! Seu casaco e chapéu. Nós devemos segui-los.

Nós nos aprontamos rapidamente e saímos para a rua. Nossos amigos não estavam muito longe e nós os seguimos. Estávamos aproximadamente cem metros atrás deles.

De repente, Holmes deu um grito. Eu vi um táxi dirigindo bem devagar do outro lado da rua onde estavam nossos amigos.

— Esse é nosso homem, Watson! Venha! Nós temos que acompanhá-lo!

Eu vi um homem com uma barba preta enorme olhando pela janela do táxi. Ele estava seguindo os nossos amigos. Mas, quando nos viu correndo atrás deles, ele gritou algo para o motorista e o táxi disparou pela rua. Holmes procurou por outro táxi, mas não pudemos encontrar nenhum.

— Bom, eu tenho o número do táxi — disse Holmes. — Então eu posso achar o motorista. Provavelmente ele nos contará algo sobre o seu passageiro. Você poderia reconhecer o homem se voltasse a vê-lo?

— Somente sua barba! — respondi.

— Ele queria que nós identificássemos apenas a sua barba — disse Holmes. — Eu acho que ela é falsa.

Capítulo 6
Mais mistério

Mais tarde nós fomos ao hotel de Sir Henry. Ele estava ansioso para nos ver, mas continuava bravo, pois seu outro sapato tinha desaparecido. Eu pude perceber que Holmes havia achado isso estranho e interessante. Ele pensou por alguns momentos, mas não disse nada além de que não entendia por que o segundo sapato havia sido roubado.

No almoço, Sir Henry disse para Holmes que ele havia decidido ir para a Mansão Baskerville.

— Eu acho que você tomou a decisão certa — disse Holmes. — Eu sei que tem alguém seguindo você. Se alguém tentar prejudicá-lo em Londres, será difícil de pará-lo ou pegá-lo depois. Por aqui nossas chances são menores.

Holmes continuou falando sobre o que havíamos visto de manhã. Depois ele perguntou para o Dr. Mortimer se existia alguém com uma barba grande e preta que morasse perto da Mansão Baskerville.

— Sim — disse Dr. Mortimer —, Barrymore, o mordomo de Sir Charles, tem uma barba preta.

— Nós precisamos checar se Barrymore está em Londres ou na Mansão Baskerville — disse Holmes. — Eu posso mandar um telegrama para Barrymore na Mansão, que irá dizer: "Está tudo pronto para a chegada de Sir Henry?". Depois, eu enviarei outro telegrama para o correio local. Nesse estará escrito: "Por favor, entregue este telegrama nas mãos de Mr. Barrymore. Se ele estiver fora, por favor, devolvam para Sir Henry Baskerville". Eu darei o seu endereço do hotel. Nós saberemos até de noite se Barrymore está em Devonshire ou não.

— Barrymore e sua esposa moram em uma casa muito chique e não têm nada para fazer enquanto a família não está morando na Mansão — disse Sir Henry.

— Isso é verdade — disse Holmes. — Os Barrymore receberam algo no testamento de Sir Charles? E eles sabiam que receberiam dinheiro quando ele morresse?

— Sim — disse Mortimer. — Cada um deles recebeu 500 libras e Sir Charles contou a todos que escreveu isso no testamento de sua própria vontade.

— Isso é muito interessante — disse Holmes.

— Eu espero que você não suspeite de todos que receberam algo no testamento — disse Mortimer. — Eu recebi 1.000 libras.

— De fato! — disse Holmes. — E quem mais recebeu dinheiro?

— Muitas pessoas receberam pequenas quantias. Ele deu para muitos hospitais e o resto foi todo para Sir Henry, que recebeu 740.000 libras.

— Eu não tinha ideia que era tanto dinheiro! — disse Holmes, surpreso.

— As terras dos Baskervilles valem mais de um milhão de libras — disse Dr. Mortimer.

— Meu caro — disse Holmes. — Um homem poderia matar por esse dinheiro. Mais uma questão. Se algo acontecer com nosso amigo aqui, quem ficaria com a Mansão Baskerville e todas as outras terras?

— Bom, como você sabe, Sir Charles tinha dois irmãos. Sir Henry é o único filho do irmão mais novo de Charles. O mais novo dos três, Roger, era um criminoso. A polícia procurava por ele, então ele teve que deixar a Inglaterra. Diziam que ele se parecia muito com Sir Hugo, que foi o primeiro a ver o cão. Ele era o mesmo tipo de homem também. Roger partiu para a América do Sul, onde morreu de febre. Então, se Sir Henry morrer, a Mansão Baskerville será entregue para James Desmond, que é um primo dos Baskervilles. James Desmond é um velho homem que mora no norte da Inglaterra. Sua vida é bem simples e ele não gostaria de ser rico.

— Obrigado, Dr. Mortimer — disse Holmes. — Agora, Sir Henry, eu acredito que você deva ir para a Mansão Baskerville o mais rápido possível. Mas você não pode ir sozinho. Eu mesmo não posso deixar Londres agora, pois estou trabalhando em outro caso. Estou tentando salvar um dos homens mais importantes da Inglaterra de uma situação muito difícil. Eu espero que meu amigo Watson vá com você. Se houver perigo, você terá alguém ideal ao seu lado.

Sir Henry e eu estávamos contentes com a ideia. Então nos programamos para partir para Devonshire no sábado.

Estávamos eu e Holmes saindo do quarto de Sir Henry quando ele deu um grito e ficou de joelhos na frente da mesa.

— Aqui está meu sapato marrom que eu havia perdido — disse esticando-se embaixo da mesa.

— Isso é muito estranho — disse Dr. Mortimer. — Nós dois procuramos no quarto inteiro antes do almoço, e não estava embaixo da mesa.

Nenhum dos funcionários do hotel sabia explicar como o sapato havia voltado para o quarto.

Então lá estávamos nós diante de outro mistério. No caminho de volta para Baker Street, Holmes começou a refletir profundamente. Durante todo o resto da tarde e da noite ele ficou pensando calado, fumando um charuto atrás do outro.

Pouco antes do jantar, um telegrama chegou. Era de Sir Henry e dizia: "Acabei de ficar sabendo que Barrymore está na Mansão".

— Então nós não temos resposta para o mistério do homem da barba — disse Holmes. — Mas, talvez, nós tenhamos resposta para outra questão logo, logo.

Naquele exato momento, a campainha da porta tocou. Era o motorista do táxi do homem barbado.

— Eu recebi uma mensagem de que você queria me ver — disse o motorista. — Eu espero que não esteja nada errado.

— Não, claro que não, meu bom homem — disse Holmes. — Na verdade, eu lhe darei até alguns trocados se você responder às minhas perguntas de forma clara. Conte-me sobre o homem que estava no seu táxi hoje pela manhã. Ele estava observando esta casa às 10 da manhã e, depois, ele lhe disse para seguir os dois cavalheiros que saíram daqui.

O motorista de táxi ficou surpreso com o tanto que Holmes parecia saber. Ele respondeu:

— O homem me disse que ele era um detetive e que eu não poderia dizer nada sobre ele para ninguém.

— Esse é um assunto sério — disse Holmes — e você estará com problemas se tentar esconder qualquer coisa. O que você não pode me contar?

— O homem me disse o nome dele — disse o motorista.

Holmes ficou parecendo um homem que acabara de ganhar um jogo muito importante.

— Isso não foi muito esperto da parte dele — disse Holmes. — Qual era o seu nome?

— Seu nome — disse o motorista — era Sherlock Holmes.

Eu nunca vi meu amigo tão surpreso. Então ele gargalhou alto.

— Diga-me onde ele pegou o seu táxi e como tudo isso aconteceu.

Nós já sabíamos a maioria das informações que o motorista nos contou. No entanto, descobrimos que, depois que perdemos o táxi de vista, ele foi para Estação Waterloo, onde o homem pegou seu trem. O motorista nos disse que o homem era bem-vestido e tinha uma face pálida. Tinha aproximadamente quarenta anos e não era muito alto. O motorista não sabia dizer a cor de seus olhos.

Holmes deu para o homem uns trocados e mandou-o embora. Então ele disse:

— Nós claramente temos um inimigo, Watson. No momento, ele está ganhando o jogo. E nós não temos resposta alguma para as coisas estranhas que tem acontecido em Londres. Eu espero que você tenha mais sucesso na Mansão Baskerville, mas eu não estou feliz em enviá-lo para lá. Existe muito perigo nesse caso.

Capítulo 7
A Mansão Baskerville

Holmes foi até a estação Waterloo se despedir de nós. Nossos amigos disseram a ele que tinham certeza de que ninguém os havia seguido desde a nossa última reunião, quando o outro sapato de Sir Henry havia reaparecido. Holmes repetiu seu aviso de que Sir Henry não deveria ir ao pântano à noite e nunca deveria ir a lugar nenhum sozinho. Então Holmes checou comigo se eu estava com minha arma e meu revólver do exército.

A viagem foi rápida e tranquila. Nós chegamos à estação Newtown e dirigimos até a Mansão Baskerville. A estrada pela qual dirigimos era linda, mas, atrás de nós, podíamos ver a assustadora, longa e escura colina do pântano.

Quando viramos a esquina, fomos surpreendidos por um soldado montado em um cavalo; ele carregava uma arma com ele.

Dr. Mortimer perguntou para o nosso motorista por que havia um soldado ali.

— Um criminoso muito perigoso fugiu da prisão, senhor — contou-nos ele. — Ele já está solto há três dias, e as pessoas estão muito assustadas. Seu nome é Selden. Ele é o culpado pelo assassinato que ocorreu em Londres.

Eu me lembrava bem desse caso. Foi um assassinato muito cruel. Fiquei imaginando esse assassino solto pelos pântanos e me senti ainda mais desconfortável com as redondezas. Os belos campos verdes, com sua grama espessa, estavam ficando para trás, e nós estávamos adentrando no pântano frio. Tudo era cinza, duro e estranho. No solo duro havia pedras enormes e ásperas. Os topos dos vales pareciam dentes afiados na direção do céu. Um vento gelado estava soprando e a noite fria ia caindo. Eu vi Sir Henry puxar seu casaco para perto.

Sem demorar muito, chegamos aos portões da Mansão Baskerville. Dos portões era possível avistar uma estrada longa e escura que levava até a casa, com as sombras negras de velhas árvores em cada lado. No fim da estrada estava a casa com uma luz escura envolvendo-a.

— Eu posso entender por que meu tio sentiu que problemas estavam vindo em sua direção aqui. Este não é um lugar acolhedor — disse Sir Henry, e sua voz ficava trêmula conforme falava.

Quando chegamos mais perto, pudemos ver que a Mansão tinha uma entrada larga e escura. A maior parte do prédio estava coberta por uma grama escura, mas parte da construção era recente e podia se ver a pedra preta e sombria. Uma luz soturna passava pelas enormes janelas e uma leve fumaça preta estava subindo pelas grandes chaminés no topo do prédio.

— Bem-vindo, Sir Henry! Bem-vindo à Mansão Baskerville.

Barrymore, o mordomo, e sua esposa estavam esperando em frente aos degraus situados na entrada da casa. Eles rapidamente desceram e levaram as nossas malas para dentro. O Dr. Mortimer seguiu para sua casa e nós entramos na Mansão, onde a lareira estava acesa. O cômodo era elegante, grande e com o pé direito alto.

— É exatamente assim que eu imaginei a antiga casa da família — disse Sir Henry.

Barrymore nos levou até nossos quartos. Ele era um homem bonito, alto, com uma bela barba preta. Depois de tomarmos banho e trocarmos de roupa, ele serviu nosso jantar. A sala de jantar não era muito acolhedora. Eu gostaria de mais luzes para deixá-la mais clara. Nas paredes havia fotos dos antepassados dos Baskervilles. Eles olhavam para nós silenciosamente e não nos davam uma sensação boa.

Depois do jantar, nós seguimos para os nossos quartos. Antes de me deitar, eu olhei pelas janelas. Um vento forte cantava alto conforme batia nas árvores que estavam na frente da Mansão. A lua minguante brilhava na escuridão do pântano vazio.

Eu não consegui dormir. Então, de repente, no meio da noite, eu pude ouvir claramente a voz de uma mulher gritando. Era o choro de alguém que havia sido atingido por profunda tristeza. O som não vinha de longe e certamente estava dentro da casa.

Capítulo 8
Os Stapletons de PenHouse

Para nossa tranquilidade. a manhã seguinte estava ensolarada e nós estávamos muito mais animados.

Eu contei para Sir Henry sobre o choro que ouvi no meio da noite. Ele tocou o sino para chamar Barrymore, e perguntou se ele poderia explicar o choro a nós. Barrymore ficou pálido assim que ouviu a pergunta de Sir Henry.

— Há apenas duas mulheres na casa, Sir Henry — respondeu ele. — Uma é a empregada que dorme no outro lado da casa, e a outra é minha mulher, e ela, certamente, não estava chorando.

Mas ele estava contando uma mentira. Eu vi o rosto de sua mulher depois do café da manhã. O sol estava direto em sua face, e estava claro que ela tinha chorado.

Por que será que Barrymore mentiu? Que tristeza profunda poderia ter feito sua mulher chorar? Havia um mistério em volta do belo homem barbado. Seria possível que Barrymore fosse, de fato, o homem que estava nos espiando em Londres? Eu decidi que deveria checar com o correio local se o telegrama havia sido colocado nas mãos de Barrymore.

Enquanto Sir Henry analisava uma papelada, eu parti para o correio. Era na vila próxima à casa, chamada Grimpen. Eu falei com o garoto que havia entregado o telegrama na Mansão.

—Você entregou para Barrymore em mãos? — perguntei.

— Bem — disse o garoto —, ele estava trabalhando no topo do telhado, então eu não pude entregar a ele. Eu entreguei para sua esposa, e ela me prometeu que entregaria a ele prontamente.

— Você viu Mr. Barrymore? — perguntei.

— Não — disse o garoto —, mas por que sua esposa me diria que ele estava no telhado se ele não estivesse lá?

Era impossível continuar perguntando qualquer outra coisa. Mas ficou claro que a ideia de Holmes em relação ao telegrama não nos deu provas suficientes.

Eu estava saindo do correio quando ouvi alguém correndo atrás de mim. Uma voz chamou o meu nome. Eu me virei. Eu esperava encontrar o Dr. Mortimer, pois eu não conhecia ninguém na vila. Mas, para minha surpresa, era um estranho. Ele era um homem baixo, magro e devia ter entre trinta e quarenta anos. Seu cabelo era fino e ele não tinha barba. Ele carregava uma rede de borboletas e uma caixa para colocar as borboletas dentro.

— Desculpe-me não ter me apresentado, Dr. Watson — disse ele enquanto caminhava até mim. — Meu nome é Stapleton. Eu estava na casa do Dr. Mortimer e nós o avistamos. Ele me disse quem você é. Posso caminhar com você? Esse caminho de volta para a Mansão passa perto da minha casa, Pen House. Por favor, venha conhecer minha irmã e passe um tempo conosco.

Eu aceitei o convite de Stapleton e nós caminhamos juntos.

— Eu sei que você é um amigo próximo de Sherlock Holmes — disse Stapleton. — Mr. Holmes tem alguma ideia sobre a morte de Sir Charles?

— Receio que não possa responder à sua pergunta — disse eu.

— Mr. Holmes virá nos visitar pessoalmente? — perguntou.

— Ele não pode sair de Londres no momento — respondi.

Eu estava um pouco surpreso que ele estivesse fazendo essas perguntas a mim.

Nós caminhamos juntos. Stapleton me contou que ele e sua irmã moravam em Devoshire havia apenas dois anos.

Eles se mudaram pouco tempo depois de Sir Charles começar a morar na Mansão Baskerville. Ele também me falou sobre os pântanos e sobre como isso o interessava. Ele me disse para procurar no meio do pântano por um lugar com uma cor verde-clara.

— Lá estará o Grande Pântano Verde — disse. — Se animais ou homens entrarem lá, eles afundarão até morrer. Mas eu posso encontrar a saída bem no meio dele. Olhe, outro daqueles pobres cavalos.

Algo marrom estava lutando para tentar sair do brilho verde do pântano. E então um terrível grito saiu de lá. A cabeça e o pescoço do cavalo desapareceram no pântano.

— Se foi — disse Stapleton. — O pântano verde o pegou e o matou. Isso acontece com frequência. É um lugar maligno, o Grande Pântano Verde.

— Mas você disse que consegue entrar e sair de forma segura? — perguntei a ele.

— Sim, existem alguns caminhos, e eu os achei. As colinas baixas que você pode ver são como ilhas do pântano verde. É lá que eu posso encontrar plantas e borboletas raras. E é por isso que eu aprendi a andar por lá.

— Eu devo tentar a sorte um dia — disse eu.

Ele olhou surpreso para mim. — Por favor, não tente! — disse. — Você jamais retornaria vivo e ainda seria minha culpa.

— Escute — disse eu. — O que é isso?

Um choro alto e longo, muito profundo e triste, vinha do meio do pântano e preenchia todo o ar. Então, passou.

— O que é isso? — perguntei com meu coração pulando de medo.

Stapleton fez uma cara estranha.

— As pessoas dizem que é o Cão dos Baskervilles, que é chamado por algo para caçar e matar. Eu ouvi uma vez ou outra, mas nunca tão alto.

— Você é um homem da ciência — disse eu. — Você não acredita nisso, acredita? Existe alguma explicação plausível para o som?

— O pântano emite sons estranhos às vezes. É a água e a grama molhada se movendo.

— Mas esse som era a voz de uma criatura viva! — disse eu.

— Bem, talvez seja. Existem alguns pássaros estranhos nos pântanos. Provavelmente era o choro de um deles.

Nesse momento, uma pequena borboleta voou na nossa frente.

— Perdoe-me, Dr. Watson — gritou Stapleton e correu atrás da borboleta para caçá-la. Ele correu rápido e seguiu a borboleta pântano adentro, mas ele sabia exatamente aonde podia ir e não estava em perigo.

Eu fiquei olhando-o e ouvi o som de passos atrás de mim. Eu me virei e vi uma mulher caminhando. Eu tinha certeza de que era a Miss Stapleton. Ela era muito bonita. Era morena, alta e tinha um rosto adorável. Antes que eu pudesse dizer qualquer coisa, ela disse:

— Vá embora! Volte para Londres imediatamente. Eu não posso lhe dizer por que, mas, por favor, faça o que eu lhe peço e nunca mais fique próximo do pântano. Meu irmão está voltando, não diga uma palavra a ele.

Stapleton tinha capturado a borboleta e estava vindo em nossa direção.

— Olá, minha querida! — disse ele para sua irmã, mas sua voz parecia estar com um tom não muito amistoso. — Eu vejo que vocês já se apresentaram.

— Sim — disse ela. — Eu estava contando para Sir Henry que nessa época do ano não conseguimos mais enxergar as belezas do pântano.

— Desculpe-me — disse eu. — Você cometeu um erro. Eu não sou Sir Henry. Sou um amigo dele, estou apenas de visita e meu nome é Dr. Watson.

A Miss Stapleton ficou claramente irritada consigo mesma.

— Desculpe-me — disse. — Por favor, esqueça o que disse. Mas nos acompanhe até nossa casa.

A casa era solitária e sombria. Fiquei imaginando porque os dois teriam vindo morar em um lugar tão distante de todos. Stapleton parecia saber o que eu estava pensando e disse:

— Você deve pensar que este é um lugar solitário e estranho para se viver, mas os pântanos são muito interessantes, e nós gostamos daqui. Eu tinha uma escola no norte da Inglaterra, mas eu tive que fechá-la. Sinto falta das crianças, mas tem coisas em abundância para se fazer aqui, e nós temos bons vizinhos. Eu espero que Sir Henry se torne um deles. Será que eu posso visitar a Mansão esta tarde para conhecê-lo?

— Eu tenho certeza de que ele ficará muito feliz em conhecê-los! — disse eu. — Tenho que voltar à Mansão agora e, assim que chegar, eu contarei a ele.

Eu me despedi dos Stapletons e continuei meu caminho até a casa. Estava andando havia poucos minutos quando fui surpreendido pela Miss Stapleton sentada em uma pedra a minha frente. Ela estava respirando esbaforida, e percebi que ela tinha corrido por um caminho mais curto para me alcançar.

— Dr. Watson — disse —, eu quero lhe pedir desculpas pelo erro que cometi. Eu pensei que você fosse Sir Henry. Por favor, esqueça o que eu disse. Eu não quis que parecesse que você está em perigo. Agora eu preciso ir ou meu irmão sentirá minha falta.

— Eu não esquecerei suas palavras, Miss Stapleton, se Sir Henry está em perigo, eu devo alertá-lo.

— Você conhece a história do cão? — perguntou-me.

— Sim, mas eu não acredito — respondi.

— Mas eu acho que é verdade — disse ela. — Por favor, convença Sir Henry a deixar aquela casa. Muitos de sua família morreram de forma misteriosa. Ele não deve colocar sua vida em perigo ficando aqui.

— Sir Henry não deixará a casa sem um motivo real.

— Isso eu não lhe posso dar. Não sei nada ao certo!

— Mais uma questão, Miss Stapleton. A história do cão é muito conhecida. Por que você não queria que seu irmão ouvisse o que você disse?

— Meu irmão quer que o chefe da família Baskerville continue na Mansão — respondeu. — Ele quer que Sir Henry continue o bom trabalho que Sir Charles começou. Então ele não gosta que eu fale sobre o cachorro. Eu preciso ir agora ou meu irmão vai achar que eu estou falando com você. Tchau!

Ela virou as costas e voltou para casa, e eu voltei para a Mansão Baskerville.

Capítulo 9
O prisioneiro fugitivo

Mr. Stapleton veio até a Mansão se encontrar com Sir Henry naquela mesma tarde. Na manhã seguinte, ele nos levou até o horrível lugar onde Sir Hugo morreu. Em seguida, almoçamos em Pen House. Sir Henry achou a Miss Stapleton muito bonita. Ele não tirava os olhos dela sequer por um minuto. Ele gostou muito dela e eu tenho certeza de que ela sentiu o mesmo por ele. Sir Henry não parava de falar dela ao longo do caminho para casa. Depois do primeiro encontro, nós passamos a encontrar os Stapletons todo dia.

Depois de um tempo, estava evidente que Sir Henry estava profundamente apaixonado pela linda Miss Stapleton. No começo, eu pensei que Mr. Stapleton ficaria muito feliz se Sir Henry se casasse com sua irmã. Entretanto, eu logo percebi que ele não queria que a amizade da irmã com Sir Henry evoluísse para o amor. Ele fazia tudo o que podia para garantir que os dois nunca ficassem sozinhos. Por uma ou duas vezes, eles planejaram de se encontrar sozinhos, mas Stapleton os seguia e não gostava de vê-los juntos.

Eu logo me encontrei com outro vizinho de Sir Henry. Seu nome era Mr. Frankland, ele morava a apenas algumas milhas ao sul da Mansão. Era um homem velho com o rosto avermelhado e cabelos brancos. Ele tinha dois *hobbies*. O primeiro era argumentar; ele argumentava com todo mundo. O segundo era estudar as estrelas através do seu telescópio enorme. Havia dias que ele observava o pântano com o seu telescópio. Ele queria encontrar Selden, o assassino foragido. Ninguém havia visto o prisioneiro em quinze dias, e todos achavam que ele provavelmente estava escondido no pântano.

Algumas noites depois, eu fui acordado por um barulho às duas da manhã. Escutei alguém andando na ponta dos pés no corredor, perto da porta do quarto. Eu levantei, abri a porta e olhei para o lado de fora. Eu vi Barrymore se movendo lentamente e fugindo de mim. Eu o segui da forma mais silenciosa que pude. Ele entrou em um dos quartos vazios e deixou a porta aberta. Cheguei perto da porta e olhei para dentro.

Barrymore estava esperando na janela. Ele segurava uma lanterna em suas mãos e a apontava para o pântano. Ele ficou sem se mover por alguns minutos e, então, apontou mais luz para fora.

Eu voltei de forma silenciosa para o meu quarto. Alguns minutos depois, escutei Barrymore passando. Na manhã seguinte, contei para Sir Henry o que eu havia visto.

— Nós precisamos segui-lo e descobrir o que ele está fazendo — disse Sir Henry. — Ele não vai nos ouvir se nos movermos silenciosamente.

Aquela noite nós sentamos no quarto de Sir Henry e esperamos. Mais ou menos às três da manhã ouvimos passos fora do quarto. Nós olhamos e avistamos Barrymore. Nós o seguimos silenciosamente. Ele entrou no mesmo quarto de antes, nós o alcançamos e começamos a espioná-lo. Lá estava Barrymore, com sua lanterna em mãos, olhando no meio do pântano exatamente como eu vi antes.

Sir Henry entrou no quarto e disse:

— O que você faz aqui, Barrymore?

Barrymore se virou rapidamente, surpreso e horrorizado.

— Nada, senhor — respondeu. As sombras de sua lanterna estavam trêmulas conforme sua mão tremia de nervoso. — São as janelas, eu checo toda noite para ver se elas estão fechadas. E esta, com certeza, não estava.

— Convenhamos, Barrymore — disse Henry —, sem mentiras. O que você estava fazendo com a lanterna? Você a estava segurando na direção da janela.

De repente, eu tive uma ideia.

— Eu acho que ele estava mandando uma mensagem — disse eu. — Vamos ver se alguém reponde do meio do pântano.

Eu segurei a luz na direção da janela e olhei para a escuridão. A luz que vinha do pântano respondeu se movendo em nossa direção.

— Agora, Barrymore, quem é o seu amigo no pântano? O que está acontecendo?

— Isso é assunto meu — disse Barrymore. — Eu não vou lhe contar.

— Você está tramando algum plano criminoso contra mim? — perguntou Sir Henry.

— Não! Não é nada contra você, Sir Henry! — disse uma voz atrás de nós. Era a Sra. Barrymore. Ela havia nos seguido e estava esperando na porta.

— Ele estava fazendo isso por mim. O infeliz do meu irmão está com frio e fome no pântano. Eu não poderia deixá-lo morrer. Nossa luz é para dizer a ele que a comida está pronta. A luz nos mostra aonde devemos levar a comida.

— Então seu irmão é...— começou Sir Henry.

— O prisioneiro fugitivo, senhor Selden, o assassino. Ele é meu irmão mais novo. Ele fez coisas más, mas, para mim, ele ainda é o menininho que eu amei e de quem cuidei. Eu tenho que ajudá-lo. Tudo o que meu marido faz é por mim. Por favor, não tirem o emprego dele. Ele não tem culpa.

Sir Henry se voltou para Barrymore e disse:

— Eu não posso culpá-lo por ajudar sua mulher. Vá para cama e nós conversaremos sobre isso pela manhã.

Os Barrymore se foram então.

— O assassino continua esperando lá fora pela luz — disse Sir Henry. — Ele é um perigo para todos. Eu vou capturá-lo. Se você quiser vir comigo, Watson, pegue seu revólver e vamos embora.

Nós deixamos a Mansão imediatamente.

— Nós precisamos surpreendê-lo para capturá-lo — disse Sir Henry. — Ele é um homem perigoso. Agora, Watson, o que Holmes diria sobre isso? Você lembra o que aqueles velhos papéis dizem? Eles dizem que o demônio faz seu trabalho quando tudo está na escuridão.

Assim que ele terminou de falar, um choro estranho veio do meio do pântano. Foi o mesmo choro que ouvi quando estava com Stapleton próximo ao Grande Pântano Verde.

— Que barulho é esse? — perguntou Sir Henry. Ele parou e colocou sua mão em meu braço para me segurar.

— Eu já ouvi esse som antes — respondi. — Stapleton disse que é o canto de um pássaro.

— Watson — disse Sir Henry com a voz trêmula —, esse som é do latido de um cachorro. O que a população local diz sobre isso?

— Eles dizem que é o latido do cão dos Baskervilles — respondi.

— Existe alguma possibilidade de essa história ser verdadeira? — perguntou Sir Henry. — Eu estou mesmo em perigo? Eu sou corajoso como a maioria dos homens, mas esse som congelou meu coração. Contudo, nós temos que sair para capturar esse criminoso perigoso, e o demônio não me fará voltar atrás.

Era difícil cruzar os pântanos à noite, mas nós estávamos

quase alcançando a luz. Estava em cima de uma pedra. De repente, vimos um rosto maligno, parecia mais um animal do que um homem, ele nos olhava de trás das pedras. O prisioneiro fugitivo nos viu, gritou e começou a correr.

Sir Henry e eu estávamos em boas condições físicas, mas logo percebemos que não alcançaríamos Selden. Ele conhecia o caminho e estava correndo pela sua vida. Logo o perdemos na escuridão; então, paramos para sentar e respirar um pouco.

Nesse momento, algo muito estranho aconteceu. A lua estava acima de nós, à nossa direita, e podíamos ver a sua luz no topo das colinas. Naquela colina podíamos observar um homem magro, parado. Ele estava nos observando.

Não era Selden, esse homem era muito mais alto. Com um grito de surpresa, eu me virei para Sir Henry. Assim que me virei, o homem desapareceu.

Eu queria ir pelas colinas procurá-lo, mas nós estávamos cansados e eu lembrei que Sir Henry estava em perigo. Então nós voltamos para a Mansão Baskerville.

Quem era aquele homem parado que eu vi no topo da colina? Era um inimigo ou um amigo que estava olhando por nós?

Eu gostaria muito que Holmes pudesse deixar Londres e vir para a Mansão Baskerville. Eu escrevi para ele todos os dias, dei detalhes de tudo que aconteceu e de todos que eu conheci.

Capítulo 10
A carta

Os dias seguintes foram nebulosos e maçantes. A Mansão estava cercada de nuvens pesadas que iam e vinham mostrando pedaços do pântano cinza e úmido. O tempo estava nos deixando desanimados. Era difícil se animar com tanto perigo nos cercando. Eu pensava muito sobre a morte de Sir Charles e no latido horroroso do cão, que eu já tinha ouvido duas vezes. Holmes não acreditava que o cão era um ser sobrenatural. Mas fatos são fatos, e eu ouvi o cão. Haveria um enorme cão morando nos pântanos? Se sim, onde ele poderia se esconder? Onde ele pegava sua comida? Por que ele nunca era visto durante o dia? Era difícil acreditar em uma explicação natural tanto quanto em uma sobrenatural.

Naquela manhã, Sir Henry e Barrymore conversaram sobre Selden, o prisioneiro fugitivo. Barrymore disse que cometemos um erro em tentar capturá-lo.

— Mas o homem é perigoso — disse Sir Henry. — Ele pode fazer qualquer coisa enquanto estiver solto. Ninguém estará seguro enquanto ele não voltar à cadeia. Nós precisamos contar para a polícia.

— Eu prometo que ele não irá invadir nenhuma casa — disse Barrymore —, e ele não causará nenhum problema. Em alguns dias ele pegará um barco para a América do Sul. Por favor, não conte à polícia sobre ele. Se você contar, minha mulher e eu estaremos em uma enrascada.

— O que você acha, Watson? — perguntou Sir Henry voltando-se para mim.

— Eu não acho que ele vá invadir casas ou causar algum problema. Se ele fizer, a polícia saberá onde ele está e vai capturá-lo. Ele não é burro.

— Eu espero que você tenha razão — disse Henry. — Eu tenho certeza de que nós estamos transgredindo a lei. Mas eu não quero que Barrymore e sua esposa tenham problemas, então eu não contarei a polícia. Vou deixar Selden em paz.

Barrymore não conseguia encontrar palavras suficientes para agradecer Sir Henry. Ele disse:

—Você tem sido tão gentil para nós! Deixe-me fazer algo para retribuir. Eu sei algo a mais sobre a morte de Sir Charles.

Sir Henry e eu pulamos prontamente.

— Você sabe como ele morreu? — perguntou Sir Henry.

— Não, senhor, eu não sei isso. Mas eu sei que ele estava indo se encontrar com uma mulher na noite em que morreu. Por isso ele estava esperando no portão.

— Sir Charles estava saindo com uma mulher? Quem era ela?

— Eu não sei o nome dela — disse Barrymore —, mas a iniciais são L.L.

— Como você sabe disso, Barrymore? — perguntei.

— Bem, Sir Charles recebeu uma carta na manhã do dia em que morreu. Vinha de Newtown e o endereço estava escrito com uma letra de mulher. Eu havia me esquecido disso, mas pouco tempo depois que Sir Charles morreu, minha mulher estava limpando a lareira e encontrou uma carta. A maior parte estava queimada, mas a parte de baixo de uma das páginas não estava queimada. Nela estava escrito: "Por favor, por favor, queime esta carta, e esteja no portão às dez horas. L.L.". O papel se despedaçou assim que minha mulher começou a mexer nele. Nós não sabemos que é L.L., mas, se nós descobríssemos, vocês poderiam conhecer mais sobre Sir Charles. Nós não contamos a mais ninguém sobre isso. Pensamos que não seria bom para o pobre Charles. Mas consideramos melhor e decidimos contar para você, Sir Henry.

Os Barrymores nos deixaram e Sir Henry virou-se para mim e disse:

— Se nós pudéssemos encontrar L.L., o mistério poderia chegar ao fim — disse ele. — O que você acha que devemos fazer, Watson?

— Eu devo perguntar a Holmes sobre isso — comentei.

Fui para o quarto e escrevi uma carta para Holmes contando a ele todos os detalhes da história dos Barrymore.

No dia seguinte, a chuva caía sem parar. Coloquei meu

casaco e saí para uma caminhada pelo pântano. Eu pensei que Selden deveria estar com mais frio ainda naquela chuva. Lembrei-me também do homem misterioso que nos observara naquela noite.

Enquanto eu caminhava, o Dr. Mortimer passou de carro, avistou-me, parou e disse que me levaria de volta até a Mansão.

— Eu imagino que você conheça a maioria das pessoas que moram por aqui — disse eu. — Você conhece uma mulher cujas iniciais são L.L.?

Dr. Mortimer pensou por um segundo e então disse:

— Sim, Mrs. Laura Lyons. Ela mora em Newtown.

— Quem é ela? — perguntei.

— Ela é a filha de Mr. Frankland.

— O velho Frankland que tem o grande telescópio?

— Sim — disse Mortimer —, Laura casou-se com um pintor chamado Lyons, que veio para retratar o pântano. Mas ele era muito cruel com ela e, depois de um tempo, deixou-a. Seu pai não fala com ela, pois o casamento foi feito contra sua vontade. Seu marido e seu pai fizeram sua vida muito infeliz.

— Como ela vive? — perguntei.

— Muitas pessoas que conhecem sua triste história lhe oferecem ajuda. Stapleton e Sir Charles lhe davam dinheiro. Eu também já dei um pouco. Ela usava o dinheiro para começar um negócio como datilógrafa.

Dr. Mortimer queria saber por que eu estava perguntando sobre a Mrs. Lyons. Todavia, eu preferi deixar em segredo e nós continuamos conversando sobre outros assuntos ao longo da viagem.

Mais uma coisa interessante aconteceu naquele dia. À noite, depois do jantar, eu conversei um pouco com Barrymore a sós. Perguntei a ele se Selden já havia deixado o país.

— Eu não sei — respondeu Barrymore. — Eu espero que ele já tenha ido. Mas eu não ouvi mais nada desde aquele dia em que entreguei algumas roupas e alimentos a ele. E isso foi há três dias.

—Você não o viu desde então?

— Não, senhor, mas a comida e as roupas que eu deixei sumiram — contou Barrymore.

— Então certamente Selden passou por aqui? — perguntei.

— Eu acho que sim, senhor, a menos que o outro homem tenha pegado.

Eu sentei e olhei de forma séria para Barrymore.

— Então você sabe sobre a existência do outro homem? Você o viu?

— Não, senhor, mas Selden me contou sobre ele há uma semana. Ele também estava se escondendo de alguém, mas ele não é um prisioneiro fugitivo. Eu não gosto disso, senhor. Algo ruim vai acontecer, eu tenho certeza. Sir Henry precisa estar a salvo em Londres.

— Selden contou-lhe algo sobre o outro homem? — perguntei.

— Ele disse que ele se parecia com um homem fino. Ele morava nas cabanas de pedra perto do pântano. Um garoto que trabalha para ele levava toda sua comida e qualquer outra coisa que ele necessitasse. Isso foi tudo que Selden me contou.

Eu o agradeci, e ele me deixou. Fui até a janela olhar as nuvens e a chuva. Estava uma noite tenebrosa. Eu sabia sobre as cabanas de que os Barrymore me falaram. Havia muitas delas no pântano. Elas foram construídas há muitos anos pelas pessoas que moravam ali. Elas não deixavam ninguém livre da chuva nos dias de tempo ruim. Selden não podia escolher nada melhor, mas por que será que o outro homem estava vivendo naquelas condições?

Eu sentei e pensei no que deveria fazer depois. Decidi que deveria tentar encontrar o homem que estava nos espionando. Seria ele um inimigo que vinha nos seguindo desde Londres? Se ele fosse, eu iria capturá-lo, talvez com dificuldade, mas eu iria até o fim.

Eu também decidi ir procurá-lo sozinho. Sir Henry ficou muito assustado com o grito assustador do cão. Eu não queria causar problemas que o deixassem ainda com mais medo.

Capítulo 11
Laura Lyons

Eu contei ao Sir Henry sobre Laura Lyons e lhe disse que queria conversar com ela o mais rápido possível. Então eu fui até a casa dela em Newtown. Uma empregada me levou até a sala de estar. Lá estava a bela datilógrafa de cabelos negros. Eu contei quem era e que havia conhecido seu pai.

— Eu não tenho contato algum com meu pai — disse ela. — Ele não me deu ajuda alguma quando eu estava com problemas. Sir Charles Baskerville não negou ajuda quando eu passei dificuldade. Sir Charles era um outro tipo de pessoa: era gentil e gostava de ajudar os pobres e famintos.

— É por causa de Sir Charles que eu venho a sua procura — disse eu. — Gostaria de saber se você alguma vez escreveu para ele uma carta pedindo que ele a encontrasse?

Ela ficou pálida e parecia muito irritada com a pergunta.

— Que pergunta! — disse. — Que direito você tem de

me perguntar sobre minha vida particular? Mas, de qualquer forma, a resposta é não.

— Certamente você não está se lembrando bem — disse eu. — Acho que você escreveu para ele no dia em que ele morreu. E a sua carta dizia: "Por favor, por favor, queime esta carta e esteja no portão às dez horas".

Por um momento eu pensei que ela fosse fugir. Então ela disse em voz alta:

— Eu pedi para Sir Charles não contar para ninguém.

— Você pode ter certeza de que Sir Charles não contou para ninguém. Ele colocou a carta na lareira, mas ela não queimou por inteiro. Agora, o que você escreveu na carta para ele?

— Sim — disse ela. — Por que eu deveria me envergonhar de escrever para ele? Eu queria a ajuda dele. Eu fiquei sabendo que ele iria para Londres no dia seguinte, então eu pedi a ele que me encontrasse no dia anterior a sua ida. Eu não poderia chegar na Mansão cedo.

— Mas por que você pediu que ele a encontrasse no jardim e não na casa?

— Você acha que parece sensato uma mulher se encontrar com um homem solteiro àquela hora da noite?

— Bem, o que aconteceu quando você chegou lá?

— Eu não fui!

— Mrs. Lyons!

— Eu lhe digo que não fui. Algo aconteceu que me impediu de estar lá aquela noite. Eu não posso lhe dizer o que foi.

— Mrs. Lyons, se você não foi ver Sir Charles, você deve me contar o porquê. Se não contar, vai pegar muito mal para você, pois eu terei que ir à polícia pedir mais informações sobre essa carta.

Ela pensou por um tempo e disse:

— Eu entendo que preciso lhe contar. Com certeza você deve saber que eu fui casada com um homem muito mau e cruel. Eu o odeio e quero o divórcio. Mas o processo é muito caro e eu não tenho dinheiro. Eu pensei que se Sir Charles ouvisse minha história, ele se compadeceria e me ajudaria a conseguir o divórcio.

— Então por que você não foi ao seu encontro com Sir Charles?

— Porque eu encontrei ajuda em outra pessoa — respondeu.

— Por que você não escreveu para Sir Charles contando sua situação?

— Eu ia escrever, mas li no jornal da manhã seguinte que ele havia morrido.

Eu fiz inúmeras perguntas a Mrs. Lyons, mas ela não

mudava sua história, não importava o que eu perguntasse. Eu não tinha certeza de que ela estava me contando a verdade. Eu poderia checar duas partes importantes da história. Se elas batessem, não haveria dúvidas de que ela estava contando a verdade. Eu iria checar se o processo de seu divórcio começou na época da morte de Sir Charles e se ela realmente não havia estado na Mansão Baskerville na noite da morte.

Mas eu não tinha certeza dessa história. Afinal, qual seria o motivo de ela quase desmaiar quando eu mencionei a carta? A história não estava esclarecida somente com o que ela me contara.

Naquele momento, eu descobrira o máximo que podia. Eu a deixei e fui procurar por mais informações em outro lugar.

Capítulo 12
O homem no pântano

Eu saí de Newtown e comecei minha pesquisa pelo homem misterioso do pântano. Havia centenas de cabanas de pedra antigas pelo pântano. Barrymore não sabia dizer em qual delas o homem estava morando. Eu o vi na noite em que eu e Sir Henry saímos para capturar Selden, então decidi começar a minha busca por esse lugar.

O caminho que peguei passava pela casa de Mr. Frankland e eu o vi no portão. Ele me chamou e me convidou para entrar e tomar um *drink* com ele. Ele esteve conversando com os policiais, estava muito bravo e começou a me contar sobre isso.

— Eles vão se arrepender — disse. — Eu poderia contar a eles onde procurar pelo prisioneiro fugitivo, mas não vou dizer nada. Veja, eu estive procurando pelo pântano com meu telescópio e, ainda assim, não vi o prisioneiro, vi apenas quem estava levando comida para ele.

Já comecei a me preocupar por Barrymore e sua esposa, mas as palavras seguintes de Mr. Frankland me aliviaram.

— Você vai ficar surpreso de ouvir que um jovem menino está levando comida para o prisioneiro. O menino sai na mesma hora, todos os dias, e ele está sempre carregando uma mochila. Quem mais ele pode estar indo encontrar além do prisioneiro? Venha olhar pelo meu telescópio, já está quase na hora em que ele costuma aparecer.

Nós subimos no telhado e não tivemos que esperar muito. Havia alguém se movendo nas colinas bem na frente da casa. Eu olhei pelo telescópio e vi um menino com uma bolsa em seus ombros. Ele olhava em volta para ter certeza de que ninguém o observava. Em seguida, ele desapareceu no meio das colinas.

— Lembre-se de que eu não quero que os policiais descubram meu segredo, eu estou muito bravo com eles para ajudá-los.

Eu concordei em não contar para a polícia e disse adeus. Andei por um bom tempo na estrada com Frankland me observando, mas, assim que eu virei a esquina, eu me dirigi às colinas onde havíamos avistado o menino.

O sol já estava se pondo quando eu cheguei no topo da colina. Eu não podia ver o garoto e não tinha mais ninguém por lá. Abaixo de mim, no outro lado da colina, havia um círculo com antigas cabanas de pedra. No meio delas estava uma com o topo mais plano, e eu decidi ir até lá para averiguar. Eu deveria estar perto do lugar em que o homem misterioso se escondia.

Quando eu cheguei embaixo das pedras, pude perceber que alguém havia usado aquele espaço. Existia uma espécie de caminho que levava até a porta. Eu tirei meu revólver do bolso e chequei se ele estava pronto para atirar. Andei de forma rápida e silenciosa e olhei dentro do espaço. Estava vazio.

Provavelmente era ali que o homem misterioso vivia. Ele devia ser um homem forte e corajoso para aguentar viver daquela forma. Havia alguns cobertores jogados pelo local, uma espécie de fogueira em um dos cantos, algumas panelas e uma vasilha grande com água. No meio, tinha uma mesa e, sobre ela, estava a mochila que vimos nas costas do menino. Embaixo da mochila, eu vi um pedaço de papel com algo escrito. Rapidamente peguei o papel e comecei a ler o que estava nele. O bilhete dizia: "Dr. Watson foi para Newtown".

Eu percebi naquela hora que o homem misterioso havia mandado alguém me seguir, e essa mensagem vinha de um espião. Seria esse homem um inimigo perigoso? Ou um amigo que queria nos observar para ter certeza de que estaríamos a salvo? Eu decidi que não deixaria o local até descobrir.

Do lado de fora, o sol estava bem baixo no céu. Tudo parecia calmo e tranquilo naquele lindo fim de tarde dourado. Mas eu não me sentia calmo ou tranquilo. Eu estava aterrorizado esperando pelo homem misterioso.

Comecei a ouvir alguns passos vindo em minha direção e me posicionei no canto mais escuro da cabana. Eu não queria que o homem me visse até eu vê-lo de perto.

Os passos pararam, eu não ouvia mais nada. Então, os passos voltaram. Uma sombra surgiu na porta da cabana.

— É uma tarde adorável, meu querido Watson — disse uma voz que eu conhecia bem. — Eu acho que você vai aproveitar mais se vier aqui para fora.

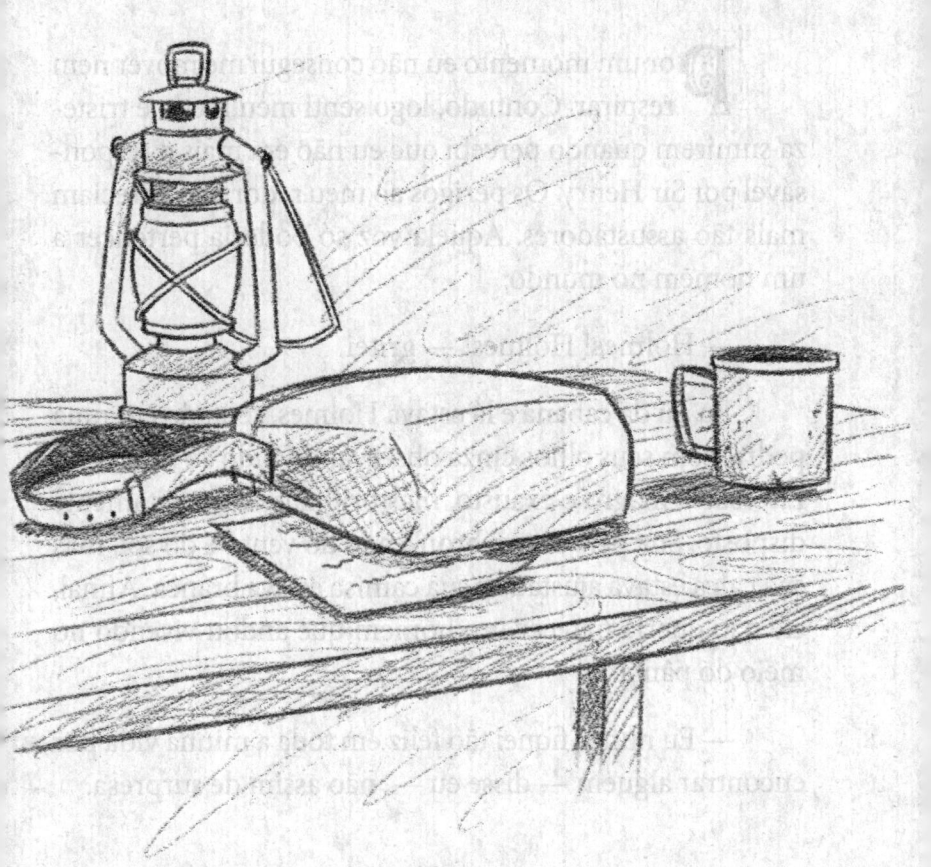

Capítulo 13
Tarde demais

Por um momento eu não consegui me mover nem respirar. Contudo, logo senti meu medo e tristeza sumirem quando percebi que eu não era mais o responsável por Sir Henry. Os perigos ao meu redor não pareciam mais tão assustadores. Aquela voz só poderia pertencer a um homem no mundo.

— Holmes! Holmes! — gritei.

Eu saí da cabana e lá estava Holmes, sentado em uma pedra, com seus olhos cinza observando tudo ao seu redor. Ele estava magro e exausto, mas brilhante e perfeitamente disposto. Sua pele estava bronzeada do vento e do sol, mas sua calça estava ajustada e sua camisa estava branca. Afinal, ele não queria parecer um homem que andou vivendo no meio do pântano.

— Eu nunca fiquei tão feliz em toda a minha vida por encontrar alguém — disse eu —, não assim de surpresa.

— Eu também estou surpreso — disse Holmes conforme me cumprimentava de forma calorosa. — Como você me encontrou?

Eu contei a ele sobre Frankland e como eu vi o menino com comida. Holmes entrou na cabana e começou a preparar a comida.

— Eu imagino que você tenha se encontrado com a Mrs. Laura Lyons — disse ele.

Quando eu disse que ele estava certo, ele continuou:

— Espero que, quando juntarmos as partes que cada um de nós descobriu, saibamos quase tudo sobre esse caso.

— Mas como você chegou aqui? — perguntei a ele. — E o que você andou fazendo? Eu achei que você tivesse que terminar um caso em Londres.

— Isso era o que eu queria que você pensasse — disse ele.

— Então você me enganou e não confiou em mim — disse eu.

Eu estava irritado e bravo por Holmes não ter compartilhado comigo seu plano.

— Desculpe-me se parece que eu o enganei, meu caro Watson. Eu não queria que nosso inimigo soubesse que eu estou aqui, mas eu quis estar perto o suficiente para saber que você e Sir Henry estariam seguros. Você é uma pessoa gentil demais para me deixar aqui fora no frio. Nosso inimigo logo saberia quando o visse trazendo água, comida ou informações importantes até mim. Sua ajuda foi de muita valia. Suas cartas com informações valiosas foram excelentes para mim. Você fez um trabalho incrível e sem você eu não teria os detalhes importantes dos quais necessito.

A palavras de agradecimento de Holmes me fizeram sentir melhor e eu pude perceber que ele estava certo.

— Assim está melhor — disse ele quando viu minha expressão mudar. — Agora me conte sobre a sua visita a Mrs. Laura Lyons.

Eu contei a Holmes tudo o que a Mrs. Lyons havia dito.

— Tudo isso é muito importante — disse Holmes. — E respondeu a algumas perguntas às quais fui incapaz de responder. Você sabia que Lyons se encontra com Stapleton frequentemente? Eles escrevem um para o outro e são amigos íntimos. Talvez eu possa usar isso para virar sua mulher contra ele...

— Sua mulher? — perguntei. — Quem é e onde está?

— A menina chamada Miss Stapleton, que finge ser sua irmã, é, na verdade, sua mulher.

— Deus do céu, Holmes! Você tem certeza disso? Se ela é sua mulher, por que ele permitiria que Sir Henry se apaixonasse por ela?

— Sir Henry não machucou ninguém além de si próprio ao se apaixonar por ela, e Stapleton fez de tudo para ter certeza de que os dois não fossem para a cama. Eles chegaram aqui há apenas dois anos e, antes disso, tinham uma escola no norte da Inglaterra. Ele lhe contou isso, e você me contou na carta. Eu chequei essa informação junto à escola, e me disseram que o homem que era o dono foi embora com sua esposa assim que a escola fechou. Eles mudaram seus nomes, mas o casal que foi descrito a mim é com certeza o casal Stapleton.

— Mas por que eles fingem ser irmãos? — perguntei.

— Porque Stapleton pensou que ela seria mais útil a ele se aparentasse ser uma mulher livre.

De repente, eu visualizei na face amistosa de Stapleton um assassino.

— Então ele é nosso inimigo! Ele é o homem que nos seguiu em Londres. E o aviso para Sir Henry veio da Miss Stapleton.

— Exatamente! — disse Holmes.

— Mas se a Miss Stapleton é realmente sua mulher, por que ele é amigo íntimo da Mrs. Laura Lyons?

— Seu excelente trabalho nos deu a resposta para essa questão, Watson. Quando você me disse que a Mrs. Lyons estava se divorciando, eu percebi que ela desejava se casar com Stapleton. Ele disse a ela que era solteiro e que desejava fazê-la feliz. Quando ela descobrir a verdade, poderá resolver nos ajudar. Nós devemos ir até ela amanhã.

— Uma última questão, Holmes — disse eu. — O que Stapleton está tentando fazer?

Holmes abaixou o tom de sua voz e disse:

— Assassinato, assassinato a sangue frio. É isso que Stapleton está tentando fazer. Não me peça detalhes. Eu estou prestes a capturá-lo em uma armadilha. Só existe um perigo: se ele resolver agir antes que eu esteja pronto. Mais um dia, ou talvez dois, eu completarei meu caso. Até lá, você deve guardar Sir Henry muito bem. Você tem que acompanhá-lo todos os dias. Entretanto, o que você já descobriu foi de muita valia.

Assim que terminamos nossa conversa, um grito horrendo — um longo grito de horror e dor — quebrou o silêncio que reinava no pântano. O som fez meu sangue congelar.

— Ai, meu Deus — sussurrei. — O que é isso?

Holmes se colocou de pé rapidamente.

— Onde foi isso, Watson? — sussurrou, e eu pude ver que ele estava tremendo de medo do grito.

O choro desesperado veio novamente, dessa vez mais alto, mais perto e mais aterrorizante do que antes. Com ele veio um novo som — profundo e assustador.

— O cão! — gritou Holmes. — Venha, Watson, venha! Deus do céu, e se for tarde demais?!

Capítulo 14
Morte no pântano

Holmes começou a correr pelo pântano, e eu o seguia. De algum lugar à nossa frente vinha mais um grito desesperado. Em seguida, ouvimos o som de algo caindo de forma brusca. Nós paramos para escutar.

Eu vi Holmes colocando suas mãos na cabeça.

— Ele ganhou, Watson. Nós chegamos tarde. Foi loucura não agir antes. E você, Watson, olhe o que aconteceu por deixar a sós o homem que eu mandei que guardasse. Se o pior aconteceu, temos que nos certificar de que Stapleton não saia ileso.

Nós corremos pela escuridão até o lugar de onde vinha o grito. Chegamos ao topo de uma pedra e, se déssemos mais um passo, cairíamos. Abaixo de nós estava o corpo de um homem. Sua face estava atirada contra o chão. Ele havia caído de cabeça, e a mesma encontrava-se embaixo de seu corpo, pois seu pescoço estava quebrado. Holmes acendeu um cigarro. Estávamos horrorizados pela imagem do sangue que saía da cabeça e escorria pelo chão.

Nós nos lembrávamos claramente do terno que o homem estava usando. Era fino, avermelhado e elegante. Era o terno de Sir Henry, o mesmo que ele usou quando nos encontrou pela primeira vez na Baker Street. Nossos corações estavam pesados e nos sentimos péssimos.

— O demônio! O assassino! Eu nunca me perdoarei por ter deixado Sir Henry sozinho — sussurrei com raiva.

— É mais minha culpa do que sua — disse Holmes. — Eu deixei esse bom homem morrer porque eu estava ocupado com os últimos detalhes de um caso. Foi o maior erro que eu já cometi. Mas por que ele viria sozinho ao pântano? Eu disse a ele que isso o levaria à morte. Agora, Sir Henry e seu tio foram assassinados. Por Deus que não passará outro dia sem que eu arme uma armadilha para Stapleton!

Com os corações pesados, nós nos aproximamos do corpo. Então, Holmes se inclinou na direção do corpo e começou a movê-lo. De repente, ele estava gritando e rindo.

— Olhe para o rosto! — gritou, batendo-me nas costas. — Não é Sir Henry. Esse é Selden, o prisioneiro fugitivo.

Nós olhamos bem para o corpo e não restavam dúvidas. Eu já havia visto aquele rosto na noite que Sir Henry e eu saímos para tentar capturá-lo. Foi então que eu me lembrei de algo, e tudo ficou mais claro. Sir Henry me contou que havia dado suas roupas antigas para Barrymore.

O terno deveria estar entre as roupas que Barrymore levara para Selden e eu contei isso para Holmes.

— Então essas roupas causaram a morte desse pobre homem — disse Holmes. — O cão deve ter sentido o cheiro de Sir Henry e o seguiu até matá-lo. Eu acho que é por isso que o seu sapato sumiu no hotel em Londres. O cão segue pelo cheiro. Mas existe uma coisa que eu não sou capaz de entender. Como Selden sabia que o cão estava vindo em sua direção? Ele estava gritando havia muito tempo antes de cair. Então o cão devia estar perseguindo-o por um longo caminho. Mas como Selden o viu na escuridão? Como ele sabia que o cão estava logo atrás dele?

— Eu não posso responder a essas perguntas, mas existe outra coisa que eu não consigo entender. Por que o cão estava no pântano nesta noite? Stapleton não o deixaria sair a menos que tivesse certeza de que Sir Henry estaria aqui.

— Nós saberemos a resposta dessa pergunta logo — disse Holmes —, aí vem Stapleton.

Seus olhos afiados nos seguiam na escuridão que estava a nossa frente, e, conforme ele chegava mais perto, pudemos ver que era de fato Stapleton.

— Precisamos ser muito cuidadosos para não demonstrar que suspeitamos dele — alertou-me Holmes.

Stapleton parou quando nos viu e depois continuou caminhando.

— Dr. Watson, é você? Eu não esperava encontrá-lo no pântano a essa hora da noite. Mas, meu querido, o que é isso? Alguém está machucado? Não, não me diga que é o nosso amigo Sir Henry!

Ele passou na nossa frente em direção ao corpo morto. Eu o ouvi respirando tranquilamente.

— Quem... quem é esse? — perguntou ele com sua voz trêmula.

— É Selden. O prisioneiro fugitivo.

Stapleton rapidamente se virou para disfarçar sua expressão de descontentamento e surpresa. Ele olhou para Holmes e voltou seus olhos para mim dizendo:

— Querido! Que horror! Como ele morreu?

— Nós achamos que ele quebrou o pescoço quando caiu do topo dessa rocha — disse eu. — Por que você estava preocupado que fosse Sir Henry? — perguntei.

— Porque eu o convidei para vir até minha casa. Quando ele não apareceu, fiquei surpreso. Então eu ouvi gritos e choros vindos do pântano e comecei a me preocupar com ele. Eu imagino que seja por isso.

Os olhos de Stapleton se fixaram em Holmes:

— Você ouviu algo diferente?

— Não — disse Holmes. — E você?

— Não — disse Stapleton.

— Então sobre o que você está falando? — perguntou Holmes.

— Ah, você sabe, as histórias sobre um cão sobrenatural. Eu imaginei que pudesse ter acontecido aqui nesta noite.

— Nós não ouvimos nada dessa natureza — disse eu.

— Como vocês acham que esse homem veio a cair a ponto de morrer? — perguntou Stapleton.

— Eu acho que a fome e o medo da polícia alcançá-lo levaram-no à loucura. Ele correu pelo pântano como um louco e caiu do topo dessa pedra — disse eu.

— Você concorda, Mr. Sherlock Holmes? — perguntou Stapleton.

— Nossa, você foi rápido para imaginar quem eu sou — disse Holmes.

— Nós estávamos esperando ansiosos por você desde que o Dr. Watson chegou.

— Eu não tenho dúvidas de que meu amigo está certo sobre a causa da morte de Selden. É uma infelicidade. Mas isso não irá me impedir de voltar para Londres amanhã — disse Holmes.

— Antes de voltar, você poderia me explicar os mistérios que estão ocorrendo por aqui? — perguntou Stapleton.

— Eu não sou sempre bem-sucedido como eu espero. Preciso de fatos, não de histórias de coisas sobrenaturais. Esse caso não está sendo bom para mim.

Stapleton olhou para ele, mas Holmes falou com tanta seriedade que suas palavras soaram verdadeiras.

Nós cobrimos o corpo. Então Stapleton voltou para sua casa, e Holmes e eu nos dirigimos para a Mansão Baskerville.

— Ele é um homem muito astuto, um inimigo perigoso que será difícil de enganar — disse Holmes. — Veja como ele controlou seu desapontamento quando percebeu que o corpo não era de Sir Henry.

— Sinto muito por ele ter visto você — disse eu.

— Eu também, mas não existe nada que possamos fazer a respeito. Agora ele sabe que eu estou aqui, ele vai agir de forma mais cautelosa ou mais rápido do que tinha planejado.

— Por que não podemos entregá-lo à polícia logo?

— Porque nós não temos provas contra ele. Sir Charles foi encontrado morto porque seu coração falhou. De novo, hoje à noite, nós não pudemos comprovar que foi um cão. Selden morreu por uma queda. Nós não temos nenhum caso até o momento. Devemos procurar a Mrs. Lyons amanhã e ela deverá nos ajudar. Mas, não importa o que aconteça, eu tenho meu plano. Pode haver um pouco de perigo nele, entretanto até o fim do dia de amanhã eu espero que não estejamos mais nessa batalha.

Ele não disse mais nada.

— Você virá comigo para a Mansão? — perguntei.

— Sim — respondeu. — Não existe mais razão alguma para eu me esconder. Mais uma última palavra, Watson. Não diga nada sobre o cão para Sir Henry. Deixe que ele pense que Selden morreu de uma queda. Se ele souber sobre o cão, vai ser mais difícil para ele enfrentar o perigo amanhã. Eu acho que você me disse na última carta que ele irá jantar com os Stapletons amanhã à noite.

— E eles me convidaram também — lembrei Holmes.

— Então você terá que se desculpar. Sir Henry precisa ir sozinho. Isso pode ser facilmente ajeitado. Agora eu acho que nós dois estamos prontos para comer.

Capítulo 15
A armadilha

Quando nós chegamos à Mansão, Sir Henry ficou muito feliz em ver Holmes. Contudo, ele se mostrou surpreso quando percebeu que Holmes não tinha nenhuma bagagem e apareceu de forma repentina.

Eu tive a infeliz missão de contar a Barrymore e sua esposa que o irmão dela havia morrido. A Mrs. Barrymore ficou muito entristecida e chorou muito.

Durante o jantar, Sir Henry nos contou que ele passou o dia inteiro sozinho. Ele manteve a promessa que fez a Holmes, por isso não aceitou o convite que os Stapletons fizeram naquela noite. Nós não poderíamos dizer a ele o quão feliz estávamos por ele não ter se aproximado do pântano àquela noite.

Holmes começou a dizer algo e então parou de repente. Seus olhos estavam fixos em uma das fotos dos antepassados dos Baskerville na parede.

— Sir Henry, você poderia me dizer qual Baskerville é aquele? — perguntou ele.

Sir Henry e eu olhamos para a foto.

— Esse é Sir Hugo, o homem que começou todo o problema — disse Sir Henry. — Ele foi o primeiro a ver o cão.

Holmes olhou fixamente para a imagem, mas não disse mais nada.

Então, depois que Sir Henry foi para o seu quarto, Holmes me fez ficar parado em frente à foto. Ele subiu em uma cadeira, cobriu com as mãos o chapéu e o cabelo do homem na foto e me perguntou:

— É parecido com alguém que você conhece? — perguntou, subiu na cadeira, e com as mãos ele cobriu o chapéu e o cabelo do homem na foto.

— Deus do céu! — gritei surpreso.

Eu estava olhando para o rosto de Stapleton.

— Sim — disse Holmes antes que eu pudesse dizer qualquer coisa. — Não há dúvidas quanto a isso, Stapleton é um Baskerville. Ele se parece com Sir Hugo e tem o mesmo caráter maligno. Agora eu entendo por que ele quer matar Sir Henry. Tenho certeza de que descobriremos que ele iria herdar as terras dos Baskerville. Então nós temos mais uma resposta. Amanhã à noite, Stapleton vai sair para capturar borboletas e nós vamos adicioná-lo à nossa coleção da Baker Street.

Nós fomos para a cama. Eu acordei de manhã bem cedo, mas Holmes acordou mais tarde. Ele já havia mandado uma mensagem para a polícia, avisando sobre Selden, e outra para o menino que estava levando comida para ele no pântano.

Quando Sir Henry se juntou a nós, Holmes contou que teríamos que partir para Londres logo depois do café da manhã. Sir Henry não ficou feliz com isso, mas Holmes pediu a ele que nos ajudasse fazendo tudo que ordenássemos. Sir Henry concordou em nos ajudar e em ir jantar nos Stapletons à noite, sozinho. Ele também concordou em contar para os Stapletons que Holmes e eu havíamos partido para Londres, mas que voltaríamos logo para Devonshire.

— Mais uma ordem — disse Holmes. — Eu quero que você vá de carro para os Stapletons e, depois, mande o motorista embora. Deixe-os saber que você voltará para casa a pé pelo pântano.

— Pelo pântano? — disse Sir Henry muito surpreso. — Mas você me disse para não fazer isso.

— Dessa vez você estará completamente seguro. E eu sei que você é corajoso o suficiente para fazer isso, e isso precisa ser feito.

— Então eu farei.

Mas você deve seguir o caminho entre a casa dos Stapletons e a estrada Grimpen, que é o seu caminho natural para casa. Não se desvie do caminho da estrada!

Eu estava muito surpreso com todas essas informações. Holmes contou a Stapleton que voltaria para Londres, mas ele não disse que eu iria junto. E eu fiquei muito preocupado que Sir Henry tivesse que andar pelo pântano à noite, sem que nenhum de nós dois estivéssemos acompanhando-o. Mas nós tínhamos que obedecer às ordens de Holmes.

Holmes e eu partimos da Mansão Baskerville imediatamente depois do café da manhã e fomos para a estação em Newtown. Um menino pequeno estava nos esperando na plataforma.

— Alguma ordem, senhor? — perguntou para Holmes.

— Você vai pegar o trem para Londres, meu menino. Quando você chegar lá, mande um telegrama para Sir Henry em meu nome. Você pedirá que ele envie para Baker Street um caderninho que eu deixei na Mansão.

Eu estava começando a entender os planos de Holmes. Quando Sir Henry recebesse o telegrama enviado pelo menino, ele pensaria que tivéssemos chegado a Londres. Assim, ele contaria para Stapleton, que acreditaria que estivéssemos bem longe da Mansão Baskerville, quando, na verdade, estaríamos por perto, caso Sir Henry precisasse de ajuda.

Nós partimos da estação para encontrar a Mrs. Laura Lyons. Eu apresentei Holmes a ela. Depois de se cumprimentarem, ele disse:

— O Dr. Watson me contou tudo, Mrs. Lyons. Nós acreditamos que a morte de Sir Charles seja um caso de assassinato. Mr. Stapleton e sua mulher são suspeitos.

Mrs. Lyons pulou da cadeira.

— Sua mulher! — gritou. — Ele não tem esposa. Ele não é um homem casado.

— Eu vim aqui justamente para lhe contar sobre isso. Na verdade, a mulher que ele apresenta como sua irmã é sua mulher — disse Holmes.

Ele pegou alguns papéis e algumas fotos do bolso e mostrou para Mrs. Lyons. Quando ela olhou tudo aquilo e colocou sobre a mesa, eu pude perceber que ela aceitou a verdade.

— Eu pensei que esse homem me amasse — disse ela —, mas ele mentiu para mim. Pergunte-me o que você quiser, Mr. Holmes, e eu lhe direi a verdade. Eu nunca poderia imaginar que algum mal viria na direção de Sir Charles. Ele era um senhor querido, que foi muito bom para mim. Eu não faria nada para machucá-lo.

— Eu acredito em você, Mrs. Lyons — disse Holmes. — Agora, deixe-me contar o que eu acho que aconteceu. Você pode me dizer se estou certo ou errado. Primeiramente, eu acho que Stapleton lhe disse para escrever a carta para Sir Charles encontrar você no portão do pântano. Então, depois que você enviou a carta, Stapleton a persuadiu para que você não pudesse se encontrar com Sir Charles naquela noite.

— Stapleton me disse que ele não poderia permitir que nenhum outro homem me desse o dinheiro para o meu divórcio — disse a Mrs. Lyons. — Ele disse que era pobre, mas que ele daria todo seu dinheiro para que pudéssemos ficar juntos. Então, depois que eu ouvi sobre a morte de Sir Charles, Stapleton me disse para não dizer nada a ninguém sobre a carta e sobre o nosso encontro. Ele disse que poderia parecer suspeito. Ele me assustou para que eu ficasse em silêncio.

— Sim — disse Holmes. — Mas você se importava com ele?

Ela ficou calada por um momento e olhou para baixo.

— Sim — respondeu. — Mas já que ele mentiu para mim sobre se casar comigo, eu não vou mais guardar os seus segredos.

— Você tem sorte de ter escapado dele — disse Holmes. — Você sabe demais. Mas eu espero que você esteja segura agora. Tenha uma boa manhã, Mrs. Lyons, e obrigado. Você receberá notícias nossas em breve.

Em seguida, nós partimos de Newtown.

— Todas as nossas perguntas foram respondidas — disse Holmes. — Quando tudo isso acabar, será um dos casos mais famosos do nosso tempo. Agora, está muito perto do fim. Nós temos que ter esperanças de que tudo terminará de forma segura e bem-sucedida.

Capítulo 16
O cão dos Baskervilles

Naquela noite, Holmes e eu dirigimos pelos pântanos até que pudéssemos ver as luzes da casa dos Stapletons na nossa frente. Então, nós começamos a andar silenciosamente pelo caminho ao redor da casa. Quando estávamos muito perto, Holmes me disse para parar. Ele pegou seu revólver de seu bolso, e eu fiz o mesmo.

— Nós deveríamos nos esconder atrás dessas pedras — sussurrou ele. — Watson, como você conhece a casa, eu quero que você vá até lá e olhe pelas janelas. Eu quero saber onde Sir Henry e os Stapletons estão e o que eles estão fazendo. Tome muito cuidado para que eles não percebam que tem alguém os espionando.

Cuidadosamente, eu me movi para perto da casa. Eu olhei primeiro a janela da sala de jantar. Stapleton e Sir Henry estavam ambos sentados, fumando seus charutos, mas não havia sinal da Mrs. Stapleton. Eu me movi para as outras janelas, mas não pude encontrá-la em nenhum outro cômodo.

Eu voltei para a janela da sala de jantar e vi que Stapleton não estava mais lá, ele tinha saído da casa. Ele foi até uma cabana nos fundos da casa e abriu a porta. Eu ouvi um som estranho vindo da cabana, mas não conseguia imaginar o que seria aquele barulho. Depois, Stapleton saiu, trancou a porta e voltou para a sala de jantar.

Voltei até Holmes e contei o que havia visto. Ele queria saber onde estava a Mrs. Stapleton, e eu tive que dizer a ele, por duas vezes, que não havia sinal dela na casa.

A lua brilhava no Grande Pântano Verde e havia uma neblina acima dele. Holmes olhou a neblina e começou a ficar preocupado. A neblina estava se aproximando na direção da casa. Nós estávamos escondidos no caminho que era do lado oposto ao pântano verde.

— A neblina está se movendo em nossa direção, Watson, e isso é muito sério — disse Holmes. — Essa é a única coisa que pode fazer com que meu plano dê errado.

Enquanto observávamos, a neblina chegava cada vez mais perto da casa e começava a envolvê-la. Enfurecido, Holmes bateu na pedra a sua frente com sua mão aberta.

— Se Sir Henry não sair logo, o caminho estará completamente tomado pela neblina. Em meia hora nós não veremos mais um palmo a nossa frente. Nós temos que nos mover para um lugar que a neblina não alcance.

Nós nos movemos para longe da casa e para fora da

neblina, que estava assustadoramente crescendo e tampando toda a visibilidade do caminho.

— Nós não podemos ir para muito longe — disse Holmes. — Se assim fizermos, Sir Henry pode ser pego antes que nós possamos alcançá-lo.

Holmes abaixou, colocou seus ouvidos no chão e disse:

— Obrigado, céus, eu acho que posso escutá-lo vindo.

Então nós começamos a ouvir o som de passos pelo caminho. Depois de alguns momentos, Sir Henry apareceu fora da neblina e podíamos enxergá-lo caminhando de forma clara. Conforme ele andava, nós o seguíamos. Ele olhava de um lado para o outro com frequência, aparentando estar um pouco preocupado com a sensação de que algo o seguia.

— Escute — disse Holmes. — Olhe, está vindo! Eu o ouvi preparando o revólver para atirar e comecei a fazer o mesmo.

Ouvíamos o som de passos leves vindo de dentro da neblina. A neblina estava a mais ou menos cinquenta metros de distância de nós e ficamos parados observando o que poderia sair de lá. Eu olhei para Holmes. Seus olhos estavam fixos no local onde o caminho desaparecia no meio da neblina. Ele estava pálido, mas seus olhos brilhavam. Ele estava com a aparência de um homem que iria ganhar o jogo mais importante de sua vida. Então, de repente, seus olhos saltaram para fora de sua cabeça e ele ficou boquiaberto de surpresa. Eu olhei para ver o que ele estava olhando. Quando eu vi a silhueta horrorosa que saía do meio da neblina, meu sangue gelou. O revólver caiu de minhas mãos e meu corpo inteiro estava tomado pelo medo.

Eu vi um cão, um enorme cão preto. Era maior do que qualquer cão que eu já havia visto. Mas existia algo que nos enchia de terror. Nenhum olho humano jamais viu um cão como aquele. De sua boca saía fogo. Seus olhos estavam queimando. Chamas cobriam toda sua cabeça e corpo. Era uma visão horrenda que ninguém poderia imaginar — um cão do inferno enviado pelo capeta. Não era uma criatura natural.

O enorme cão preto começou a correr silenciosamente atrás de Sir Henry. Um pouco distante no caminho pudemos ver Sir Henry virar de costas e avistar o cão. Sua face ficou branca como a lua e suas mãos estavam imersas em horror. Nós assistíamos de forma desamparada àquela terrível criatura se aproximando dele. Estávamos tão aterrorizados por essa visão fantasmagórica que deixamos o cão passar em nossa frente e não conseguimos nos mover. Nosso amigo estava próximo da morte, e nós estávamos congelados de medo.

Capítulo 17
À procura do assassino

Então nosso medo se tornou pequeno diante do temor que sentíamos pela vida de Sir Henry. Holmes e eu atiramos contra o cão juntos. A criatura começou a gritar de dor, e nós sabíamos que a tínhamos acertado. Mas o cão não parou e continuou correndo na direção de Sir Henry.

Quando nós ouvimos o choro de dor, nosso medo desapareceu. Não era um cão sobrenatural. Nossas balas podiam machucá-lo, assim como matá-lo. Nós corremos o mais rápido que pudemos. Eu nunca vi ninguém correr tão rápido como Holmes naquela noite, e eu não consegui acompanhá-lo. Na nossa frente, no caminho, nós ouvimos o grito de Sir Henry. Eu vi a criatura jogá-lo em direção ao chão. Seus dentes se posicionaram na direção de sua garganta. Contudo, no momento seguinte, Holmes estava apontando seu revólver para o corpo do cão. Ele deu um último grito e caiu no chão. Eu apontei meu revólver na direção de sua cabeça, mas não precisei atirar. O cão estava morto.

Sir Henry estava inconsciente por conta da queda. Nós rapidamente abrimos os botões de sua camisa. Holmes havia atirado na hora certa, e os dentes do cão não alcançaram a garganta de nosso amigo. Alguns segundos depois, seus olhos começaram a abrir-se e ele sussurou:

— Meu Deus! O que foi isso? O que, em nome de Deus, é isso?

— O que quer que seja, já está morto — disse Holmes. — Nós matamos o fantasma que assombrava a família havia anos.

A criatura que estava deitada ao nosso lado era do tamanho de um filhote de leão. Sua boca e seus dentes eram enormes. Havia anéis de fogo azuis ao redor de seus olhos malignos. Eu toquei na pele em chamas do cão. Quando eu levantei a minha mão, ela parecia estar pegando fogo.

— Fósforo — disse eu. — É por isso que o cão parece estar queimando na escuridão. Stapleton colocou tinta de fósforo no cão quando foi até a cabana atrás da casa.

Mas Holmes estava pensando mais em Sir Henry do que na esperteza de Stapleton.

— Eu preciso me desculpar com você, Sir Henry — disse Holmes. — Eu coloquei a sua vida em perigo. Eu esperava ver um cão enorme, mas não uma criatura como essa. A neblina nos deu pouco tempo para controlar nosso medo, e por alguns minutos nós não conseguimos nos mover.

— Esqueça isso — disse Sir Henry. — Você salvou a minha vida, e eu agradeço a você. Por favor, coloque-me de pé. O que você vai fazer agora?

As pernas de Sir Henry tremiam tanto por causa da experiência horrenda pela qual ele havia passado que ele não se aguentava em pé. Nós o levamos até uma pedra. Ele sentou-se lá e segurou sua cabeça com as mãos.

— Nós precisamos deixar você aqui e tentar pegar Stapleton. Nós vamos deixá-lo na Mansão o mais rápido possível. Nosso caso está completo, mas precisamos pegar o nosso homem.

Eu segui Holmes pelo caminho até a casa.

— Nós devemos vasculhar a casa — disse Holmes —, mas é quase certeza de que ele não estará aqui. Ele provavelmente ouviu o som dos disparos e sabe que seu jogo maligno chegou ao fim.

A porta da frente da casa estava aberta. Nós entramos e olhamos quarto por quarto. Todos os do andar de baixo estavam vazios, então nós subimos para o andar de cima e olhamos todos os quartos, com exceção de um, que estava trancado.

— Tem alguém aqui dentro — disse eu. — Posso escutar alguém se movendo. Ajude-me a arrombar essa porta.

Nós nos jogamos contra a porta e, assim que a fechadura quebrou, nós entramos. Estávamos com nossos revólveres prontos para atirar.

No meio do quarto havia alguém amarrado com uma corda. Não podíamos ver quem era, pois estava completamente coberto por um lençol. Somente os olhos e o nariz estavam à mostra.

Nós retiramos os lençóis e desamarramos o prisioneiro. Era a Mrs. Stapleton. Assim que a desamarramos, pudemos ver marcas vermelhas ao redor de seu pescoço.

— Aquele maldito Stapleton bateu nela — disse Holmes. — Coloque-a em uma cadeira.

Mrs. Stapleton havia desmaiado depois de tanto apanhar. Quando a colocamos na cadeira, ela abriu seus olhos.

— Ele está seguro? — perguntou ela. — Ele escapou?

— Ele não pode escapar de nós, Mrs. Stapleton — disse Holmes.

— Não, não, eu não me refiro ao meu marido. Quero saber de Sir Henry. Ele está a salvo?

— Sim! E o cão está morto.

— Obrigada, Deus — disse ela. — Obrigada, Deus. Oh, aquele homem cruel! Vejam o que ele fez comigo.

Ela nos mostrou seus braços inteiros marcados de tanto haver apanhado.

— Mas ele me machucou mais de outra forma. Enquanto

eu pensava que ele me amava, eu aceitava muitas coisas. Mas ele não me amou, ele me usou.

— Então nos ajude — disse Holmes. — Diga-nos para onde ele foi.

— Existe uma pequena casa em uma ilha no meio do pântano — disse ela. — Ele esconde o cão lá. E também usa essa casa, caso ele precise fugir. Ele estará lá, eu tenho certeza.

— Ninguém poderia encontrar o caminho para o Grande Pântano Verde com essa neblina! — disse Holmes. — Olhe pela janela!

A neblina formava uma capa branca contra o vidro e não era possível enxegar nada até que ela diminuísse. Nós decidimos levar Sir Henry de volta para a Mansão Baskerville. Nós contamos a ele a verdade sobre os Stapletons e ele ficou profundamente magoado quando ouviu os fatos sobre a mulher que amava. A notícia de que ela era casada e o terrível medo pelo qual ele passou causaram-lhe febre. Nós chamamos o Dr. Mortimer que veio e passou a noite com Sir Henry.

Na manhã seguinte, a Mrs. Stapleton nos levou até a trilha que levava ao pântano verde. A neblina havia diminuído e ela nos mostrou as madeiras que seu marido colocara no caminho para guiá-lo até o lugar certo. Nós fomos seguindo as pistas pelo pântano verde, onde fediam plantas mortas. O chão molhado grudava em nossos pés conforme andávamos. De tempos em tempos, nós saíamos do caminho para limpar os nossos pés. Um homem não poderia brincar com o pântano verde; uma puxada dele e afundaríamos até a morte.

Nós não vimos nenhum sinal de Stapleton. Procuramos, procuramos e não obtivemos sucesso. Não havia dúvidas de que ele havia se perdido na neblina e afundado no pântano verde. Em algum lugar, bem no fundo, estaria o seu corpo.

Nós chegamos até a pequena ilha que a Mrs. Stapleton descreveu e procuramos pela casa toda.

— Essa casa não nos diz nada além do que já sabemos — disse Holmes. — Esses ossos nos mostram que ele escondia o cachorro aqui, mas ele não conseguia mantê-lo em silêncio, então as pessoas ouviam seus gritos. Aqui está a garrafa com tinta de fósforo. Stapleton usou-a com muita esperteza no cão. Depois do que vimos na última noite, não é de se surpreender que Sir Charles tenha morrido de medo. E agora eu entendo como Selden sabia que o cão o estava seguindo na escuridão. Por isso, o pobre homem gritou e correu como ele fez. A velha história do cão sobrenatural provavelmente deu a Stapleton a ideia de usar fósforo. Muito esperto. Eu disse isso em Londres, e eu vou dizer de novo. Nós nunca tivemos um inimigo tão perigoso como esse que está deitado lá — e apontou para o grande pântano verde que nos cercava.

Capítulo 18
Olhando para trás

Era o fim de novembro e havia mais de um mês que voltáramos da Mansão Baskerville. Holmes e eu estávamos sentados em frente à lareira na sala de estar na Baker Street. Desde nosso retorno, Holmes tem trabalhado duro em outros dois casos, e ele andou muito ocupado para discutir sobre o caso de Baskerville. Mas, agora que os outros casos terminaram e ele foi bem-sucedido nos dois, eu decidi que era um bom momento para perguntar a ele as questões finais sobre Stapleton e o cão.

— Essa foto mostra que Stapleton era, de fato, um Baskerville — começou Holmes. — Ele era filho de Roger Baskerville, que era o irmão mais novo de Sir Charles. Roger era um criminoso que escapou da cadeia e fugiu para a América do Sul. Todos pensaram que ele havia morrido solteiro, mas isso não era verdade. Ele teve um filho, também chamado Roger, que nós conhecemos como Stapleton. Stapleton casou-se com uma linda mulher e veio para o norte da Inglaterra, onde ele abriu uma escola. Ele descobriu que herdaria a fortuna dos Baskervilles se Sir Charles e Sir Henry morressem. Foi por isso que ele fechou a escola e se mudou para Devonshire. Quando ele conheceu Sir Charles, ele ouviu sobre a história do cão do inferno. Ele também aprendeu que Sir Charles acreditava nessas histórias sobrenaturais e que ele tinha um coração fraco. Então, Stapleton teve a ideia de comprar um cão enorme e usar fósforo para pintá-lo e fazer parecer que o seu corpo brilhava como o do cão da história. Eu encontrei o lugar em que ele comprou o animal. Ele o trouxe de trem para Devonshire e andou milhas e milhas pelos pântanos para que o animal não fosse visto por ninguém próximo à Mansão Baskerville. Ele precisava tirar Sir Charles da Mansão naquela noite. Seria fácil se sua mulher aceitasse conquistá-lo, mas, como ela não aceitou, ele a espancava. Ele devia imaginar que, quando a herança dos Baskervilles fosse liberada, ela voltaria aos seus braços. Certamente ele imaginou que ela guardaria segredo em troca de se tornar uma Lady Baskerville. Mas eu acho que ele estava errado. Ele foi cruel. Ela jamais o perdoaria ou o amaria novamente. Claro, ele sabia que não poderia assustar Sir Henry do mesmo jeito que fez com Sir Charles. Sir Henry era um homem saudável e jovem. Então, ele deixou o cão faminto para que, dessa forma, ao atacar Sir Henry, ele o fizesse com tamanha voracidade a ponto de matá-lo.

Eu tinha uma última questão para Holmes:

— Stapleton decidiu morar perto da Mansão e usar um nome falso. Eu acho estranho. Como ele explicaria para a polícia que ele era um Baskerville depois que Sir Henry morresse?

— Eu não sei o que ele planejou e por que ele foi morar em Pen House — disse Holmes. — Mas eu tenho certeza de que ele saberia o que fazer. Era um homem muito esperto. Mas, por hoje, é só, já foi muito trabalho para uma noite, Watson. Eu tenho dois ingressos para o teatro. Se você se arrumar a tempo, nós podemos parar no meu restaurante favorito e jantar no caminho.

Sir Arthur Conan Doyle (1859-1930)

Arthur Conan Doyle era de família escocesa, respeitada no ramo das artes. Aos nove anos, foi estudar em Londres. No internato, era vítima de *bullying* e dos maus-tratos da instituição. Encontrou consolo na literatura e rapidamente conquistou um público composto por estudantes mais jovens.

Quando terminou o colégio, decidiu estudar medicina na Universidade de Edimburgo. Lá, conheceu o professor Dr. Joseph Bell, quem o inspirou a criar seu mais famoso personagem, o detetive Sherlock Holmes. Em 1890, no romance *Um Estudo em Vermelho*, iniciou a saga de aventuras do detetive. Ao todo, Holmes e seu assistente, Watson, foram protagonistas de 60 histórias.

Doyle casou-se duas vezes. Sua primeira esposa, Luisa Hawkins, com quem teve uma menina e um menino, faleceu de tuberculose. Com Jean Leckie casou-se em 1907 e teve três filhos.

Abandonou a medicina para dedicar-se à carreira de escritor. Seus livros mais populares de Sherlock Holmes foram: *O Signo dos Quatro* (1890), *As Aventuras de Sherlock Holmes* (1892), *As Memórias de Sherlock Holmes* (1894) e *O Cão dos Baskervilles* (1901). Em 1928, Doyle publicou as últimas doze histórias sobre o detetive em uma coletânea chamada *O Arquivo Secreto de Sherlock Holmes*.

Todos os direitos desta edição
reservados para Editora Pé da Letra
www.editorapedaletra.com.br

© A&A Studio de Criação — 2017

Direção editorial	James Misse
Edição	Andressa Maltese
Ilustração	Leonardo Malavazzi
Tradução e adaptação	Gabriela Bauerfeldt
Revisão de Texto	Nilce Bechara
	Marcelo Montoza

DCIP-BRASIL. CATALOGAÇÃO-NA-FONTE
SINDICATO NACIONAL DOS EDITORES DE LIVROS, RJ

D784c

Doyle, Arthur Conan, Sir, 1859-1930
O cão dos Baskervilles / Arthur Conan Doyle ; tradução Gabriela Bauerfeldt. - 1. ed. - Cotia [SP] : Pé da Letra, 2017.
96 p. : il.

Tradução de: The hound of the Baskervilles
ISBN 978-85-9520-078-4

1. Ficção escocesa. I. Bauerfeldt, Gabriela. II. Título.

17-46489 CDD: 828.99113
CDU: 821.111(411)-3